0

Calma en el alma

Jess González

Calma en el alma

ISBN: 9798476377580

Derechos reservados © 2021, por:

© del texto y portada: Jess González

© de esta edición y correción: María R. Box

IMPRESO EN ESPAÑA – INDEPENDENTLY PUBLISHED

«Pero conseguí llegar a tu corazón moreno, dejaste,

Por tu cintura, cogerse mis sentimientos y se enlazaron.

Tus brazos para colgarte a mi cuello.

Nos fundimos para siempre en llamaradas de fuego.

Uniendo las ilusiones y compartiendo los rezos,

Por dos nombres que me diste, donde hacerme trianero»

JOSE MANUEL LEON GOMEZ

"Me enamoré de Triana"

BIOGRAFÍA

Me voy a presentar de una vez como Dios manda, porque ya está bien, ¿no? No soy muy dada a describirme a mí misma. Pero voy a hacer un esfuerzo y a tirar de lo que dice de mí el horóscopo negro de Capricornio y mi gente (que pago a base de tapitas, fiestas en mi terraza y cervezas hasta altas horas en los findes) es broma, pero con esto ya os he soltado un par de datos curiosos...

Soy una orgullosa mamá soltera (aunque no entera), me encanta leer, me apasiona escribir, me deshago con una buena película y mi vida social ciertamente, en ocasiones, es apabullante. Mis compañeras de trabajo (soy auxiliar de clínica) y amigas me preguntan a diario qué como soy capaz de ser una mami molona, trabajar a jornada completa, leer, escribir, ver series y no parar de hacer planes con mis locas del "moño" en mis días libres... Realmente ni yo misma me lo explico. Me gusta vivir deprisa... demasiado, quizás. Treintañera, pero me siento como una veinteañera (también los aparento Muajajajajaaja) y vivo pendiente de las horas espejo, las señales del universo, la luna llena y las piedras mágicas (confieso que siempre llevo una conmigo).

Me descojono de todo como las locas, soy una gritona de cuidado, cuesta saber si hablo en serio o en broma la mayoría de las veces, mi mirada nunca miente (y créeme eso no siempre es bueno porque me calan a la primera), tengo una Matilda interna que planea muchas maldades y tengo la mecha muy corta. Vamos, un trozo de pan, como diría mi abuela. Y hasta aquí un poquito de mí, qué para presentarme como alguien que no sabe qué decir... Me he coronado.

Gracias por darme la oportunidad de leer mi loco mundo y espero que disfrutes leyendo, tanto como yo creando, mis novelas.

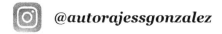 ***@autorajessgonzalez***

ÍNDICE

Calma en el alma

Prólogo

—Mami, mami. ¡Mira como tú! —Alma llama mi atención para que vea lo guapa que está, es presumida como ella sola.

—Sí, mi vida. Estás preciosa.

Me agacho para estar a la altura de sus ojos, recoloco un mechón rebelde que se ha soltado de su larga melena morena, ahora recogida en un moño alto que acabo de hacerle. Beso su mejilla y le sonrío.

Me incorporo de nuevo y cojo su mano para mirar nuestro reflejo frente al espejo. Realmente estos vestidos, que tanto tiempo he tardado en confeccionar, son impresionantes (y no porque sean única y exclusivamente de mi propia cosecha, qué también...) la tela que he seleccionado para elaborarlos es suave y tiene una caída digna de admiración. La ocasión lo merece porque son los vestidos perfectos para inaugurar el primer día de nuestra esperada feria de abril.

—¿Vamos a ver cómo va papá? Seguro que está igual de guapo que nosotras.

Ella asiente emocionada sin soltarse de mi mano. Caminamos hasta el salón y allí está él, mi Antonio, Toño para nosotras y nuestros amigos. Al verle, frente a mí, no puedo evitar detenerme en seco y observar fijamente como clava su mirada en nosotras. Nos adora, sé a ciencia cierta qué enfrentaría a cualquier monstruo (real o imaginario) por salvar a sus chicas.

Con su pelo moreno bien repeinado (cosa rara en él, ya que no suele llevarlo así) su pelo ondulado es difícil de domar, cosa que a mí me encanta. Sus ojos negros que siguen manteniendo el brillo del primer día. Su mandíbula bien marcada medio oculta por esa barbita de tres días que tantas cosquillas me provoca cada vez que me come a besos. Su nariz recta, perfecta en proporción con sus rasgos tan masculinos. Y esa boca coronada con esos labios carnosos que se abren mostrándome esa sonrisa canalla que tanto me enloquece. Que estoy completamente enamorada de él, es algo evidente ¿no ha quedado claro?

Mis padres pondrán el grito en el cielo cuando lo vean sin afeitar, aunque precisamente por eso no dejo que se la quite ¡jamás! porque ellos ya no son dueños de mi vida, ni de la de mi familia.

Su pose es chulesca, de brazos cruzados, descansando su gran cuerpo moreno en el quicio de la puerta. Desvía su mirada un momento a su reloj de muñeca (el mismo que yo le regale cuando nació Alma) haciéndome saber que vamos tarde. No puede ocultar esa mirada brillante de deseo que sigue haciéndome arder por dentro cuando inspecciona mi cuerpo entero de esa manera que solo nosotros dos entendemos. Parece mentira que con solo quince años ya supiera que ese chico malote de barrio humilde iba a darme lo que yo tanto deseaba. Soy partidaria de que las parejas tienen que cuidar cada detalle de su relación, sobre todo cuando son padres y la pareja pasa a ser cosa de tres, ahí es cuando más que nunca hay que ser y estar. Por suerte, nosotros, hemos sabido serlo y lucharlo. No ha sido fácil, pero dicen que el amor todo lo puede ¿o no?

—Papi, mira. A qué estamos "mu" *pressiosas*.

Alma se suelta de mi mano y luce frente a nosotros, en un alarde de arte, levantando los brazos y moviendo sus manos. Como le gusta poner en práctica sus clases de flamenco ¡qué arte tiene! y no lo digo solo yo (por ser la madre de la criatura) que conste, persona que la ve bailar, persona que queda obnubilada por su presencia. Parece mentira que con solo ocho años (recién cumplidos) sepa moverse con tanta maestría.

—*Presiosisimas*.

Toño imita su seísmo de manera divertida, antes de cogerla en brazos y comérsela a besos mientras nuestra hija se retuerce entre risas con su padre.

Yo les admiro como una boba y me doy cuenta de que esa imagen quedará grabada en mi alma y mi retina de por vida. Me acerco a ellos y beso con ternura la comisura de los labios de Toño. Aspiro su embriagador y varonil aroma, ese olor tan característico de él que tanto me apasiona.

—Vas a arrugarte el traje —le regaño cariñosamente.

—Alma, cariño. Mira que dice mami que me arrugas el traje —le guiña un ojo cómplice a nuestra hija sin que yo me dé cuenta—. Verás cuando se dé cuenta de la mancha de helado que llevo en la solapa.

—No me fastidies, Antonio. Te mato, yo te mato. —He entrado en modo drama (lo reconozco) y si le llamo Antonio, él también es consciente—. Si llegas frente a mis padres manchado y con barba, me desheredan para los restos y a ti... A ti te hacen la cruz, de nuevo.

Los dos estallan en carcajadas y después de dejar en el suelo a Alma, se cuadra frente a mí con esa sonrisa que tiene en su mirada canalla llevándose las manos a las solapas y girando sobre sí mismo muy despacio para mostrarme con sorna que he caído en su trampa. Está impoluto ni rastro de manchas, ni una sola arruga en su cuerpo definido y atlético ¡Qué bueno está, el *jodio!* Le doy una palmada juguetona en ese culo perfecto que Dios le ha dado, para que aprenda.

—Siempre igual, algún día me provocáis un infarto. Anda, vámonos ya. —Omito la mirada canalla y descarada que me dedica mientras mueve la cabeza lentamente de lado a lado. Sé perfectamente lo que me está diciendo. Ese azote tendrá sus consecuencias cuando estemos solos, y yo ya ardo en deseos...

Salimos del portal cogidos los tres de la mano. Alma para variar en el medio de nosotros dos. Nuestras muestras de afecto en su presencia no las lleva demasiado bien. Cada vez que nos ponemos melosos ahí está ella para montar el cirio, cosas de la edad, suponemos. Menos mal que siempre encontramos nuestros ratos a solas para dar rienda suelta a nuestro desenfrenado amor (y hoy nos toca, vaya que sí).

—Chiquilla, pero que familia de guapuras —nos saluda nuestra vecina al pasar frente a ella y su corrillo de mediana edad, sentadas con sus bolsas de pipas en mano, para no perder detalle de lo que pasa en el barrio—. Rocío, ¿esos trajes son diseños tuyos?

—Sí, Virtudes. —Afirmo mientras saludo con una sonrisa "un poco falsa, sí. Pero oye, estoy sonriendo"—. Vamos de estreno, la ocasión lo merece.

—Pues son preciosos. —"*Eso ya lo sabía, yo*". Me obligo a agradecerle con una sonrisa y un gracias, cosa que ella aprovecha para seguir con su palique—. Pasarlo muy bien en la feria, saluda a tus padres de mi parte y a ver cuándo se dejan caer por estos barrios. ¿Los marqueses ya han aceptado al "perlilla" de nuestro Toño? con esa cara guapa que tiene, como para no hacerlo.

Se me congela la sonrisa al saber que el chisme de que mis padres y yo vamos a vernos ha corrido entre las cotorras de mi barrio, me repatea el higadillo. "*Señor dame paciencia, con tanta habladuría porque si me das fuerza... no sé lo que les hago*"

—Lo haré, Virtudes. Y la cara guapa de mi marido, eso ya te lo aseguro yo, que para no verlo hay que estar ciega. Seguro que mañana tenéis el cotilleo calentito para toda la semana. Cuidado con las pipas, no te vayas a atragantar, hermosura.

Miro a Toño mientras le guiño un ojo al ver como intenta contener una carcajada por mi contestación.

El grupito de cotorras maduritas se queda con la boca abierta, pero poco les dura, antes de doblar la esquina ya están cuchicheando de nuevo sin apartar la vista de nosotros.

—Gorda, tú nunca podrás dejar de poner el puntito final, ¿verdad? —me reta burlón Toño.

—¡Qué carajo le importará a esa, si vamos a ver a mis padres o no! Es que me supera tanto chisme. ¡Qué hartura!

Por la cuenta que le trae, Toño no me replica más, bien sabe él que si queremos tener la fiesta en paz ahora no es momento de hacerme bromitas.

Caminamos hasta el recinto ferial dando un paseo y disfrutando entre risas del gentío y el espíritu festivo de feria que hay en el ambiente de mi adorada Sevilla.

Pero, antes de nada, déjame presentarme en condiciones: Mi nombre es Rocío y vivo en el maravilloso barrio de Triana, desde que tengo uso de razón supe que ese sería mi lugar de residencia y digo esto, porque este barrio me adoptó y me hizo sentir parte de él desde que a los dieciocho años abandonara mi casa familiar "de alta cuna" en una de las urbanizaciones más lujosas de la capital andaluza Allí me crié junto a mis acaudalados y estrictos padres en compañía de mis adorados hermanos, Sergio y Azahara.

Como bien podéis intuir la relación con mis padres fue prácticamente nula desde ese día en el que decidí renunciar a las comodidades que me daban. Era un precio demasiado elevado, ya que la libertad de decidir mi futuro siempre ha sido lo que más he anhelado. Me ahogaba en esa jaula de oro en la que ellos me querían encerrar.

Seguramente soy la oveja negra de la familia, cosa que me dejaron muy clara (sobre todo Azucena, mi madre) en el mismo momento en el que me enamoré de Toño. Para ellos un paria, por ser de una familia humilde y no codearse con la alta sociedad de señoritos andaluces con los que ellos querían casar a su hija mediana. Como si una mujer necesitara de un hombre para poder ser respetada y aceptada entre tanta falsedad. Yo no quería esa vida, yo solo quería ser feliz, estudiar diseño y confección para convertirme en una diseñadora de renombre confeccionando mis propios vestidos de novia y flamenca.

Me quedé embarazada demasiado pronto para algunos. Para mí en el momento adecuado. Mi hija: Alma, es la luz de mis días y por nada del mundo hubiera cedido al chantaje de mis padres para deshacerme de ella. Quizás era demasiado joven, pero tenía muy claro que ese bebé que crecía en mis entrañas era el fruto del amor más verdadero. Por lo que un día, y sin previo aviso, decidí poner fin a tantos reproches y me alejé de todo lo que me impidiera no vivir mi vida como yo quisiera.

Tampoco me alejé demasiado (estarás pensando) y tienes razón, pero solo con cruzar el precioso puente de Triana, para mí fue suficiente y necesario. No voy a negar que fue una decisión dura y la vida no fue de color de rosa: dieciocho años, estudiantes los dos, con una vida que se gestaba en mi interior y dependía de nosotros.

Toño y yo teníamos claro que juntos podríamos con todo. Y así ha sido, conseguí terminar mis estudios y trabajar en un taller de confección y arreglos que conseguía mantenernos mientras él... bueno, se dedicaba a todo lo que le surgiera para poder aportar económicamente a nuestra economía familiar.

No nos va del todo mal, estoy a punto de abrir mi propio taller junto a mi fiel amigo Yeray, una loca de remate (y no porque lo diga yo, que él es el primero que alardea de ello). Yeray, estudió conmigo en la escuela superior de diseño ¡Qué gran descubrimiento! porque juntos somos el equipo perfecto. He demostrado a todo el mundo que soy capaz de llegar hasta donde me proponga sin la ayuda de mis adinerados padres.

Y hasta ellos es a donde me dirijo en este momento, con mi preciosa familia. Después de todo parece que la vena de abuelos ha despertado en ellos y les urge retomar lazos familiares para estar presentes en la vida de Alma. Veremos cómo sale la jugada.

—¿Estás nerviosa, Rocío? —Toño reclama mi atención.

—Más que un niño en la noche de Reyes. —Confieso con una tímida sonrisa—. ¿Y tú?

—Más que un tartamudo pidiendo fiado —me rio ante sus salidas de tiesto, así es él. Siempre destensando el ambiente y poniendo el toque de humor a los momentos más tensos de nuestra vida—. Todo saldrá bien, te lo prometo. Ya no tienen poder sobre nosotros, no lo han tenido nunca y parece que por fin lo han aceptado. Somos un equipazo.

Le miro con ojos de enamorada, los mismos que él refleja en su mirada y beso sus labios sin poder evitarlo, le quiero con toda mi alma. Y precisamente Alma es la que interrumpe nuestra muestra de amor incondicional.

—¡Qué asco! Besos en la boca no. No me gusta.

Se enfurruña al momento cruzándose de brazos y mirándonos fijamente.

—Alma, cariño. Los papis que se quieren tanto como mami y yo, se demuestran lo mucho que se aman así. No tienes que enfadarte, peor sería que no nos quisiéramos. ¿No crees? —Toño y su poder de convicción.

—Vale, está bien. De acuerdo. Pero... —Su mirada refleja un destello ¡Ay, madre mía! Algo está pensado y no creo que nos guste lo que viene ahora—. ¿Entonces yo puedo besar también en la boca al niño de mi escuela qué quiero ahora?

Yo no puedo evitar echarme a reír ante la cara desencajada de Toño. Él me mira reprendiéndome con la mirada, esa pregunta no se la esperaba, a ver cómo sale de esta...

—Ni hablar, princesa. Hasta que no tengas, por lo menos, dieciocho años tú no puedes besar a nadie en la boca. Si lo haces se te caerán los dientes y no te saldrán nunca más. A los dos.

Ahora la que lo mira a él con tono de regañina soy yo. Nuestra hija se ha quedado con la boca abierta y sé que esto traerá consecuencias: cuando llegue a clase proclamando a los cuatro vientos lo que su padre acaba de descubrirle.

—Alma, cariño. Papá está bromeando —le reprendo con la mirada, antes de explicarle (de otra manera) lo que su padre ha querido decirle—. Lo que papi quiere decir, es que los niños no se besan en la boca con otros niños. Eso es algo que solo hacemos los mayores cuando de verdad queremos a alguien mucho. Cuando seas mayor, conocerás a alguien a quién besar y querer como papi y mami. Mientras tanto están los abrazos, compartir juguetes y ser amable con las personas que te gustan para demostrarles tu cariño.

—Eso cariño. Nada de besos en la boca, por favor.

—Vale, lo he entendido. —Por suerte para nosotros cambia rápidamente de tema, y parece que ya se ha olvidado de lo que el burro de su padre acaba de decirle. Y eso es por ver el precioso y alumbrado arco que da la bienvenida al recinto ferial—. Mira, mira hemos llegado. ¿Dónde están los abuelitos? ¿Y el tito y la tita?

—Ahora los veremos, cariño. Están esperando juntos dentro de la caseta de su amigo.

Ella tan ansiosa por pasar tiempo con sus abuelos y yo con tan pocas ganas de aparentar que todo está bien de cara a la galería. Lo qué no haga una por sus hijos, en fin... La decisión de que Alma pueda pasar tiempo con sus abuelos ha sido conjunta, de Toño y mía. Pese a lo que nos hicieron sufrir a nosotros en nuestra juventud (aunque ahora que soy madre, entre nosotras, reconozco que si Alma me llega un día con un novio tan maleante como era mi Toño en su juventud, yo también haría lo posible por alejarla de él).

El caso es que (no quiero divagar más en historias del pasado) no hay motivo para que nuestra hija no pueda disfrutar de sus abuelos al igual que hace de mis hermanos, la adoran y consienten en todo lo que ella pide. Merece poder tener unos abuelos que la mimen, y pese a mi experiencia con mis padres en los últimos años, sé a ciencia cierta que adoran a su única nieta y están dispuestos tragarse su orgullo para ser parte de su vida.

Entramos en la caseta número 4 del recinto ferial, no sin antes reprender a Alma varias veces para que no se suelte de nuestras manos y salga corriendo delante de nosotros, así es ella: Puro nervio.

Rápidamente visualizo a mi familia en una mesa cerca del escenario, ríen y dan palmas al compás de la música mientras charlan con amigos. El primero en vernos es mi hermano mayor, Sergio, que se levanta para hacerse ver. Como si no los hubiéramos visto nosotros y todas las féminas del recinto. Aunque sea su hermana he de reconocer que es guapo de narices y tiene un estilazo vistiendo que te tira *p'atras*.

Inmediatamente mis padres dirigen su mirada hasta nosotros y juro que puedo notar como el alivio recorre sus rostros al vernos en el mismo lugar donde ellos se hallan. No me extrañaría que pensaran que rechazaríamos su invitación, como otras veces hemos hecho.

Avanzamos hasta ellos y al llegar Alma se lanza a los brazos de su abuelo. Mis hermanos ya se han encargado de llevarla en varias ocasiones a casa de mis padres para que la vean crecer y, de paso, consientan. Pero hasta este momento yo nunca había sido partícipe de la complicidad que mis padres tienen con mi hija.

Las miradas y besos que dedican hacia esa personita son de amor absoluto, sus rostros se enternecen como nunca habían hecho conmigo ni con mis hermanos. Realmente el amor de unos abuelos a sus nietos es algo capaz de romper todas las murallas del mundo.

Un nudo se forma en mi garganta ante la imagen tan tierna que tengo frente a mí. Toño rodea mis hombros con su brazo y besa mi sien susurrando en mi oído: *te lo dije, merece la pena.*

Yo sonrío y saludo a los presentes, me fundo en un abrazo interminable con mi hermana Azahara, dos años más pequeña que yo. Mientras Toño hace lo mismo con mi hermano Sergio, a pesar de todo, los dos se adoran y son grandes amigos. Acto seguido llega el turno de mi madre, se acerca a mí y sin esperarlo se abraza a mi cuerpo con lágrimas en los ojos. Jamás la había sentido tan pequeña como ahora. Ella siempre ha sido gigante bajo mi punto de vista, quizás por su carácter y lo que me imponía su presencia, pero en este momento yo me siento mucho más grande que ella. Ahora yo soy una mujer valiente y poderosa mentalmente, y ella dista mucho de volver a serlo para mí.

—Estás preciosa, Ro. Gracias por venir, no sabes lo que significa para nosotros estar todos juntos.

Me muerdo la lengua por no sacar todo lo que llevo dentro acumulado desde hace años. Simplemente asiento con la cabeza y respondo.

—Gracias, madre. Para mí también.

Se sienta de nuevo con el rostro entristecido mientras disimula las lagrimillas de cocodrilo que ha derramado. Mi padre se acerca con la mirada dulce, esa que siempre ha tenido y ya casi ni recordaba.

—Mi pequeña, Ro. Alma es el reflejo de cuando eras como ella de chiquitilla, se parece tanto a ti. No sabes lo feliz que me hace teneros a las dos conmigo —me abraza y susurra en mi oído—. Lo siento tanto, hija mía.

Yo me dejo abrazar y controlo mis lágrimas, antes de que mi maquillaje se vaya al garete y me convierta en un oso panda.

—Ya tendremos tiempo de hablar, papá. Hoy vamos a disfrutar de nuestra gloriosa feria.

La noche, sorprendentemente, transcurre de una manera amena y nos lo pasamos todos, a pesar de las expectativas, muy bien. Nada de temas escamosos.

Se interesan por cómo me va el trabajo, la inminente apertura de mi propio taller y por los estudios de Alma. Sobre Toño intentan no preguntar demasiado, saben que su respuesta sobre a lo que sea que se dedique nunca será suficiente para ellos.

—Buenas noches, familia. —Saluda a mi espalda una voz varonil, grave y seductora—. Rafael Montes, gracias por venir a mi caseta. Es un placer contar con la presencia de toda tu familia, al completo.

—Hombre, el gran anfitrión, Álvaro de las Heras. Gracias a ti por esta maravillosa velada.

Mi padre se levanta y agradece con su porte y su saber estar al misterioso joven que parece ser el dueño de la caseta. La curiosidad me mata al ver la cara de boba de mi hermana mirando a la persona que queda a mis espaldas. Comienzan las presentaciones y cuando llega mi turno me levanto para saludar al desconocido, al voltear me topo de frente con un pecho musculado. Y soy consciente de ello, ya que al chocar de narices con él casi me hace caer de culo mientras que él por su gran estatura no se desplaza ni un milímetro, suerte que sus grandes manos sujetan mi estrecha cintura y no hago el ridículo cayendo al suelo (cosa que viene siendo habitual en mí, a patosa no me gana nadie)

—Perdona. Las consecuencias de pasarme con los rebujitos —me disculpo un poco achispada, pero oye entenderme que es la primera noche de feria, me acabo de reconciliar con mi familia y si estornudo me sale confeti por la nariz—. Mi nombre es Rocío.

—Me gusta saber que lo pasas bien, Rocío. Precioso vestido, por cierto. Yo soy Álvaro, aunque no te acuerdes de mí. De pequeña solía sacarte de tus casillas...

Su mirada se clava en la mía y un escalofrío, imperceptible para el resto de los presentes, me recorre entera. ¿Qué carajo ha sido eso? Rápidamente me siento de nuevo en mi silla dando de nuevo la espalda al tal Álvaro de las narices, hago memoria y me acuerdo perfectamente de quién es. El engreído, bruto y chulito que solía venir a casa de mis padres, cuando éramos niños, a darme la tabarra y meterse conmigo mientras mi hermano y él nos hacían las mil y una trastadas a Azahara y a mí.

Pues sí que ha cambiado, en lo físico, me refiero. Porque la actitud chulesca sigue llevándola por bandera.

¿Será posible que mi cintura se haya quedado fría de golpe al no tener sus manos sobre ella? "Demasiado rebujito, Rocío. Ya no bebo más" me reprendo para mis adentros.

—Álvaro, querido. Disculpa a mi torpe hija, desde pequeña ha sido la reina de los tropiezos. ¿Lo recuerdas? —Mi madre, para variar, no puede dejar de poner la puntilla—. Por cierto ¿Qué tal tu padre? No lo hemos visto.

—Sabrás tú —digo en voz baja ganándome la mirada recriminatoria de los allí presentes. Con lo bien que iba la noche no puede quedarse callada, no.

Me levanto de nuevo y esta vez sin traspiés.

—Alma, mi amor. ¿Acompañas a mami al baño? Venga, que llevo rato mirándote y estás con el baile de San Vito. Encantada de volver a verte, Álvaro. Gracias por todo.

Cojo la mano de mi pequeña y me dirijo junto a ella a los baños, era eso o empezar una guerra con mi madre, ya me entiendes.

Esquivamos al gentío que ya comienza a animarse bailando sevillanas y llegamos a la cola de los aseos.

—Mamá, quiero bailar —dice Alma feliz observando entretenida como la gente lo hace.

—Claro que sí, cariño. En cuanto hagamos pipi, bailamos tú y yo. ¿De acuerdo?

—¡Bien, bien, bien! —grita emocionada mientras arranca a calentar su baile bajo mi mirada de amor y orgullo por lo bien que lo hace.

Avanzamos despacio mientras Alma sigue con su baile, yo desvío la mirada hasta la mesa de mi familia y observo como ellos siguen con su animada charla. Reparo en Toño y le veo más nervioso de lo normal, hasta el momento ni me había fijado en la tensión que su mandíbula refleja y la manera de llevarse las manos al pelo. Por suerte, en breve, Alma estará agotada y podremos marcharnos a nuestro refugio. Donde nuestra familia es feliz y él volverá a sentirse a salvo.

No reparo en que, frente a mí (de nuevo) se encuentra Álvaro con su deslumbrante y arrogante sonrisa. No me malinterpretes el chico no ha hecho nada malo, tienes razón, pero solo con saber que pertenece al círculo que rodea a mi adinerada familia y ese pasado, ya no es una persona grata para mí. Fijo mi mirada en sus ojos azules ¿o son grisáceos? Lo mismo da, la verdad es que tiene una mirada intimidatoria a la par que preciosa. Ladeo un poco la cabeza esperando a que diga algo, pero nada parece que le ha comido la lengua el gato.

—Venid conmigo.

Y sin más coge mi mano tirando de mí, a la vez que yo hago lo mismo con Alma.

—Oye, pero ¿Dónde te crees que nos llevas? Para. —le increpo, pero él hace oídos sordos y yo no freno mis pasos.

Llegamos a la parte trasera de la caseta y de su bolsillo saca una llave, abre una puerta y entramos en una especie de camerino lujoso decorado con: grandes espejos, sofás mullidos, y visiblemente cómodos, junto a una mesa con todo tipo de bebidas y comida prácticamente sin tocar.

—Lleváis demasiado tiempo esperando, y tu hija parece que no aguanta más. Puedes usar mi baño privado, Alma —contesta sin mirarme a mí siquiera. Le guiña un ojo con complicidad a mi pequeña y ella entra sin pedir permiso a paso acelerado sonriente y admirando la gran estancia.

—Esto... gracias. No deberías molestarte, no hacía falta. Estamos acostumbradas a las largas esperas en nuestro mundo de personas normales.

—Habías empezado bien dándome las gracias, intuyo que siempre debes tener un "pero" para todo ¿no? —Sonríe chulesco, y a mí me saca de quicio—. Bueno ya de pequeña eras muy impertinente, veo que hay cosas que no cambiarán por mucho que pasen los años.

—¿Perdona? ¿Me conoces de algo, para opinar sobre mí? Mira, sí que es cierto me conoces lo mismo que yo a ti, Alvarito. Sigues siendo el mismo chulo y prepotente que antaño. En algo tienes razón hay cosas que ni los años ni la madurez cambian. —Tendrá valor el señorito este–. Alma ¿Necesitas ayuda? —grito hacia el interior de ese lujoso espacio esperando que mi hija me necesite y no tener que seguir debatiendo con semejante chulo.

—No, mami. Puedo solita, ahora tengo caca. Tardo un poquito, ¿vale?

Álvaro comienza a carcajearse, de una manera terriblemente masculina y sensual, ante la confesión de Alma. Y yo no puedo evitar hacer lo mismo.

—Lo siento, de verdad —digo por fin, más relajada.

—No, perdóname tú. No tenía derecho a decirte eso. Solo te estaba retando como cuando éramos pequeños, veo que sigues gastando ese genio tan característico. —Sonríe abiertamente, y a mí me contagia un poquito—. ¿Por qué lo sientes por ser borde conmigo sin motivo? ¿O porqué tu hija use mi baño no solo para hacer pipí? —Su tono es relajado y conciliador. Y yo decido usar el mismo.

—Por las dos cosas, más bien.

Volvemos a reír. Y la tensión se rebaja un par de puntos.

—No te preocupes, por ninguna de las dos cosas. Lo primero: debe ser algo que no me incumbe, pero es fácil de deducir por tu manera de haberte ido de esa manera de la mesa, no cal que lo digas tú. Lo segundo: es algo normal y ningún sitio mejor para ello que un lavabo en condiciones. Créeme, este baño está mucho más limpio.

—Gracias de verdad. Sin peros que valgan, esta vez.

Apoya su gran espalda contra la pared cruzándose de brazos y dobla una pierna hacia atrás apoyando la planta de su carísimo zapato en la pared. Ladea la cabeza y entrecierra los ojos como si pudiera adivinar lo que pasa por mi cabeza.

—Está bien, firmemos una tregua por los malos ratos que te hice pasar en el pasado y por lo que ha pasado ahora. Veo que no llevas anillo de casada, por lo que deduzco que no lo estás ¿Cierto?

Asiento con la cabeza demasiado rápido, no me preguntes ¿por qué? Cuando voy a matizar mi respuesta me interrumpe de nuevo sin dejarme rechistar poniendo un dedo sobre mis labios y de esta manera silenciarlos.

—Déjame invitarte a cenar un día de estos y te perdono.

Mi cara debe ser un poema, la mandíbula me llega al suelo, seguro. Pero para descaro el suyo, el mío. Aparto su dedo de mis labios y me cuadro frente a él.

Ridículo, sí, hasta a mí me lo parece. Ya que debe sacarme como mínimo dos cabezas con su altura y por no hablar de la anchura de sus hombros. Vamos que debe ser un cuadro, la imagen vista desde fuera.

—Tú tienes muy poca vergüenza. ¿No ves que he venido con mi marido? Tengo algo mucho más valioso que un anillo. Se llama Alma y tiene ocho años.

—Y tú eres muy creída ¿Qué intenciones piensas que puedo querer yo tener contigo nada más que ser amable con la hija del querido amigo y socio de mi padre, además de compañera de la infancia?

Vaya, esa no me la esperaba. Este tío pasa de ser un ser encantador a un arrogante de cojones en cero comas dos segundos. Ves, como no iba mal encaminada.

Por suerte, Alma sale secándose las manos pidiéndome ir a bailar como le había prometido y a mí se me pasan hasta las ganas de hacer aguas menores. Decido ignorar el ataque gratuito que me ha lanzado Álvaro y me alejo, muy digna yo, sin ni siquiera despedirme.

—*Grasias*, señor guapo amigo de mamá y de mi abuelito. —Suelta ella tan dicharachera como siempre, haciendo que él dibuje en su rostro una dulce sonrisa que me da tiempo a ver de reojo mientras nos alejamos por donde nos trajo minutos antes.

—Espero que no hayas tirado de la cadena, hija mía. Y le hayas dejado un buen regalito al engreído ese.

—Mami, eso no se hace. Que marrana eres, si tú nunca me dejas hacer eso.

—Tienes razón, cariño. Mami estaba de bromita. Venga a bailar, enséname que has aprendido en las clases de baile.

Mi niña y yo nos lanzamos a bailar por sevillanas con todo el arte que las dos tenemos, y no es porque sea una creída como ha dicho el *atontao* de Álvaro, es que el baile en mi familia es un don y el flamenco lo llevamos en las venas desde la cuna.

Después de ser el centro de atención de media caseta, más por mi pequeña artista y lo bien que sabe moverme, que por mí. Decido que ya está bien de *jarroteo* por esta noche, a regañadientes consigo que Alma vuelva conmigo a la mesa familiar, donde mis padres y mis hermanos aplauden y babean debido a la demostración de baile que la pequeña de la casa acaba de hacerles. Se deshacen en halagos con ella y yo, deseosa de besar y suplicar a mi "marido" que me lleve a casa, me percato de que la silla de Toño está vacía.

—¿Dónde está Toño? —pregunto a Sergio.

—Hace un rato que salió de la caseta para atender una llamada, pero aún no ha vuelto. Te acompaño fuera, vamos a buscarlo

—Sí, gracias. Vamos, ya es tarde para Alma.

—Yo no me quiero ir, mami —se queja Alma, rápidamente.

—Voy a buscar a papi, quédate con los abuelos y la tía Azahara ¿Vale? Ahora vuelvo a por ti.

—Ves tranquila, nosotros cuidamos de nuestra princesita.

Dice mi padre risueño mientras sienta a Alma en su regazo y comienzan a dar palmas a la vez que mi madre se la come a besos. Ver para creer, con todo que tuve que sufrir yo para traerla al mundo sin ellos y ahora, míralos.

Sacudo la cabeza para alejar los malos pensamientos de mi mente y me dejo guiar por mi hermano mayor hasta la entrada de la caseta para encontrar a Toño.

Buscamos entre la multitud, pero no lo vemos por ningún lado, se me hace muy raro que se haya alejado tanto para hablar por teléfono ¿Con quién estará hablando tanto rato?

Pasa media hora y no hay ni rastro de él. Empiezo a estar realmente nerviosa y preocupada, mientas mi hermano intenta calmarme sin triunfar demasiado.

Salimos del recinto ferial y lo que mis ojos ven a lo lejos me hacen frenar en seco, cojo aire para no pensar que mi mente me juega una mala pasada. Desgraciadamente no es así y salgo corriendo como alma que lleva el diablo hasta la escena que frente a mí se desarrolla.

Mi hermano llega pocos segundos después a mi lado. Y lo siguiente que acontece pasa demasiado deprisa. Dos hombres retienen a Toño a la fuerza con las manos a su espalda contra un coche. Le esposan frente a toda la gente que se amontona para ver qué pasa. Varios coches de guardia civil llegan y se detienen frente a nosotros. Sin escuchar mis gritos suplicantes de desesperación consiguen meterlo a la fuerza en el coche patrulla y desaparecen llevándose con él mi vida entera.

La mirada que Toño me dedica es fría y está repleta de culpabilidad ya no luce ese brillo que yo siempre he visto en ella, y yo me rompo aún más.

El llanto de mi hija es lo último que escucho en la lejanía, giro mi cuerpo en busca de su voz para llegar hasta ella y calmarla, pero todo se vuelve oscuridad. Caigo a plomo desmayada, por suerte, unos brazos fuertes y robustos impiden que aterrice, totalmente inconsciente, contra la gravilla del suelo. Deduzco que deben ser los de mi hermano, por la delicadeza al sostener mi cuerpo contra el suyo y por esa manera tan protectora de no dejarme caer al suelo alejándome de las miradas indiscretas, pero mis ojos no consiguen abrirse para agradecerle que me saque de allí.

¿Toño qué has hecho?

¿Cómo has podido hacernos esto?

¿Qué vamos a hacer ahora nosotras sin ti?

1

—Roooo, corazón. —Yeray reclama mi atención desde la planta baja de nuestro taller de confección. Ya me ha sacado de mi estado de concentración en él que estaba levitando. Pongo los ojos en blanco y espero a ver si así me deja en paz un ratito más.

—Rocío ¡Baja ya, que preguntan por ti en tienda!

—Joder... Parece que no hay manera, se acabó por hoy. —Cierro mi cuaderno de bocetos frustrada y bajo el volumen de la música. *Niña Pastori* canta *La Habitación* y, hasta hace un momento, yo lo hacía junto a ella mientras creaba diseños nuevos. Contesto gritando—. ¡Ya bajo!

Donde estoy se encuentra mi templo, mi fuerte, mi escondite del mundo... Aquí doy rienda suelta a mi imaginación y creo mis diseños de confección. Los últimos de ellos serán los que verán la luz, en breve, gracias a la academia de baile en la que baila Alma. Debutarán junto al cantante Lin Cortes como su cuadro de baile en la presentación de su nuevo disco, y nada menos que en la próxima Feria de Abril, que está a la vuelta de la esquina. A pesar de no guardar buenos recuerdos desde aquel fatídico día, he superado el bloqueo que sentí los primeros años y ahora puedo volver a disfrutar de ese maravilloso evento.

Sin duda, será una gran oportunidad para que nuestro taller pueda tener ese empuje y dedicarnos mucho más que a los arreglos de ropa de la clientela que acude a nosotros. Ya sea para que sus prendas de alta costura luzcan mejor que en el maniquí, o bien, cuando cogen (versus) pierden esos kilos de más que: las tapitas, los dulces o la dietas milagro (estas última con sus conocidos efectos rebote) hacen con los cuerpos de medio barrio de Triana.

No me malinterpretes no soy una desagradecida, la vida no me va mal. Gracias a ello mantengo con dignidad: todos los caprichos de mi hija adolescente, el peculio de prisión de Toño, nuestra casa, el taller (junto a mi mejor amigo y socio Yeray); sin olvidarnos del sueldo de nuestra Candela, que trabaja para nosotros y es parte de la pequeña familia que hemos creado en estos últimos años.

Pero de ahí a tener nuestro propio desfile en SIMOF (algún año, no muy lejano) cosa que es mi mayor ilusión y mi sueño, hay un abismo.

La Semana Santa está a punto de llegar, de ahí que no salga de estas cuatro paredes en los últimos días. Esa semana tan especial lleva a media Sevilla de cabeza, es un motivo de ilusión, nervios y esperanza para mi cuidad. Pero aún más en mi querida Triana, y para nosotros, ya que no damos abasto con los encargos, sobre todo, después de la maldita pandemia que arrasó con todo hace ya un par de años. CALAMBRE. Eso es lo que me sube desde la parte baja de mi espalda hasta la nuca cada vez que recuerdo lo que nos tocó vivir, así que nada de nombrar eso. Hemos sobrevivido y eso es lo importante.

Retomo lo que os relataba, perdón. Aquí, en Sevilla, vivimos todo el año deseando que llegue esta gloriosa fecha para disfrutar de nuestros pasos y nuestras saetas que ponen los vellos de punta a su paso. Para después pasar en solo dos semanas a preparar (sin tiempo que perder) la Feria de Abril.

Bendita la suerte de ser andaluza, dirás... Se creen, en el resto de España, que vivimos del cuento y siempre estamos de fiestas, pues naranjas de la China. Trabajamos con mucho ahínco para que todo esté perfecto, y obviamente después de conseguirlo nos permitimos lo que haga falta. Porque señores, la suerte de nacer en esta tierra solo nosotros la tenemos. Modestia aparte.

Antes de traspasar la frontera que separa mi mundo de la tienda y el taller de confección, apago la música. Porque sí, yo sin ella en mi vida no soy nadie y a mí el flamenco, me inspira muchísimo. Menuda obviedad, pensarás.

Me percato de algo frente al espejo, mi aspecto desaliñado no es el adecuado para dar la cara ante nadie, frunzo el ceño. Rápidamente suelto el lápiz que sujeta mi larga melena castaña en este moño mal hecho y despeluchado, doy varios golpes de melena y me lo coloco hacia un lado dejando que las ondas cubran mi pecho. Me saco los hilos que cuelgan de mi blusa y mis tejanos y casi salgo descalza para variar (adoro andar de esta manera en mi atelier, es mi zona, son mis normas) me calzo las deportivas de cuña blancas que llevaba esta mañana y me aplico un poco de colorete sobre mi pálido rostro (Nota mental: cuando vaya a casa de mis padres aprovechar para tomar el sol y volver a mi tono de piel habitual, no parezco ni yo, al final le tendré que dar la razón a Alma. No se puede ir así por la vida). Me pongo un poco de vaselina en los labios, ya que con este grosor que me dio la madre que me trajo al mundo, no me gusta nada pintármelos o sería como Carmen de Mairena. Vale, estoy exagerando un poquito, pero es que odio los labios de besugo que últimamente parecen ser la moda, yo si pudiera me los disimulaba un poco más.

Cuando salgo al mostrador me encuentro con nuestra vecina: Virtudes. Sí, te acordarás de ella por ser la corre, ve y dile de mi vecindario. A ver qué cotilleo trae hoy la buena mujer. Nótese aquí mi ironía...

—Virtudes, estoy muy liada con los diseños nuevos y los últimos arreglos de semana santa. ¿Qué necesitas? —Pensarás que soy una borde de cuidado, pero no tengo el chichi para farolillos. Si quiere cotillear que se vaya a la mercería de la Puri y haga corrillo.

Yeray intenta contener la risa mientras disimula sacando el polvo (inexistente) de la estantería que tenemos tras el mostrador con el plumero en la mano.

—Ya me imagino, Rocío. Tan liada como siempre que no te enteras de nada. ¿Sabes dónde está tu hija? —Mira sus uñas haciéndose la interesante.

Mi cara debe ser un poema y estoy a punto de abrir la boca para echar fuego por ella, si se atreve a malmeter entre mi hija y yo, juro por mis mejores telas, que la arrastro de los pelos por todo el puente de Triana. Pero al darse cuenta de la mala leche que me gasto rectifica rápidamente.

—Ay, chiquilla que malas pulgas te gastas últimamente. Yo no quiero malmeter. Dios me libre.

Se santigua imitando el tic nervioso de mi socio, que al verla automáticamente hace lo mismo. Vaya dos patas para un banco.

—Es que la he visto entrar en la portería, con el chico ese con el que va ahora. —Hace una pausa para añadirle tensión al momento. Me desespero y le pido con mis manos que siga hablando. Esto me interesa mucho. —Ya sabes el hijo del mecánico. Ese que dicen que siempre está haciendo canalladas por ahí. Y he pensado que debería estar en clase por la hora que es y tenía que venir a avisarte. No vayas a llevarte un disgusto dentro de nueve meses.

—Gracias, por la información. Virtudes, ahora mismo la llamo. Si me disculpas.

He mantenido las formas para no demostrar que casi me da un *parraque* por el impacto de la información que ha traído mi vecina. Pero en cuanto sale por la puerta, no puedo contenerme más. Mis puños se cierran con fuerza a ambos lados de mi cuerpo y automáticamente sin mediar palabra subo hecha una furia a por el bolso. Esta niña se va a enterar de lo que vale un peine.

Cuando vuelvo a bajar Yeray está más blanco que la leche en polvo.

—Mary, por favor. Sosiega —me pide que mantenga la calma, llamándome por el apodo cariñoso con el que en su día nos bautizamos mutuamente. Yo rebufo como un toro de miura.

—Yeray, qué esta niña me va a traer por el camino de la amargura. Y para que llore yo, llora ella. Por la cuenta que le trae ya puede estar visible cuando entre en casa.

—Pero quieres relajarte, por favor. Te acompaño, que miedo me das. Nuestra niña es muy bonita para que la dejes echa un cuadro.

—No, Yeray. Tú te quedas aquí, Candela aún no ha vuelto del mayorista. Y hay encargos que entregar. Te juro que no la voy a tocar, solo se escucharan mis gritos por todo el Guadalquivir, pero nada más.

Intento sonreír para que se quede tranquilo, pero bien me conoce ya, mi Mary. Rápidamente se me enciende la bombillita.

—No se te ocurra avisarla de que voy para allí o despúes vengo y me lio contigo. Avisado quedas.

—¿Yo? Dios me libre. —Y ahí está otra vez su exagerado meneo de manos haciéndose la cruz—. Ve tranquila, yo me quedo al mando. Tú relájate y dialoga con ella, por favor. Ya no es una niña, y bastante tiene ya.

—¿Ella? ¿Bastante? Dices, ¿de qué? Tendrá queja la señorita del cuerpo que yo solita le he dado. Si no le falta de nada.

—Joe... Mary que no iban por ahí los tiros. —Recorre el corto camino que nos separa y coge mis manos con dulzura—. Entiéndeme. Está en una edad difícil y necesita que la trates como a una adulta. No la avergüences, o harás que se aleje de ti.

Sois un equipo, las dos, y estáis muy unidas. Hazme caso y déjala que se explique.

—Tú sabes algo que no me has contado ¿Verdad? —le miro entrecerrando los ojos haciendo un rápido escaneo de su mirada, la cual refleja culpabilidad, pero también luce acompañada de un amor incondicional. Tuerce la cabeza y me mira con ojos suplicantes a modo de disculpa. —Mira, déjalo. Mejor así, siempre que te cuente a ti las cosas que a mí no quiere decirme, mejor para todos.

—Es mi niña, no puedo traicionarla. Soy su tito. El confidente. Yo estoy aquí para vosotras siempre que me necesitéis.

La adora y Alma a él. Desde bien pequeña tiene predilección por Yeray. Él me ha ayudado a sacarla adelante, se ha comportado como un padre con ella. Y ella se desfoga con él contándole todas esas incertidumbres que conmigo, muy a mi pesar, no es capaz de soltarme. Soy su madre. Es normal. Lo entiendo y estoy agradecida de que tenga personas adultas que le puedan aconsejar (como si fuera yo) en sus crisis existenciales. Pero me da mucha pena no saber en qué momento dejé de ser su mejor amiga para ser su contrincante.

—Lo sé, corazón. No me lo tengas en cuenta, por favor. Siempre estaré agradecida por cómo quieres y apoyas a Alma, en todo. Pero entiéndeme a mí, no puedo dejar que haga lo que quiera, Yeray. Su futuro está pendiente ahora de muchas cosas, y quiero lo mejor para ella.

Yeray me mira con ojos vidriosos y me abraza con su cuerpo delgado y larguirucho, dándome fuerzas y calma para sentirme apoyada una vez más.

—Eres una super madre, Mary. No lo dudes nunca. Alma lo sabe y te adora. Ves a hablar con ella y no seas muy dura.

—Te prometo que lo intentaré. Me voy.

Beso su mejilla. Le recoloco la americana y su pañuelo anudado al cuello con ese toque tan majestuoso que solo él sabe darle. Siempre va hecho un pincel, que arte tiene vistiendo.

Antes de cruzar el umbral de salida hacia la calle me llama de nuevo.

—¡Ro, acuérdate de que está noche tenemos *jarroteo* del bueno! Hemos quedado a las 9 para cenar con Candela, pasamos a por ti.

—Imposible olvidarme, Mary. Está noche pienso darlo todo, todito.

—Esa es mi reina. Te como el chumino.

—No me hagas reír, tú no te comerías eso ni puesto de todo hasta las cejas.

Salgo riéndome yo sola ante la imagen surrealista que mi mente no llega a imaginar. Mi amigo entre las piernas de una mujer no sabría ni por dónde empezar... Y hablando de cosas entre las piernas, las mías están desde hace semanas en sequía absoluta.

Esta noche pienso ponerle remedio sin tener que echar mano de mi agenda de "chorvos pasables" porque una no es de piedra y aunque yo me esté haciendo cargo de la estancia de Toño en la cárcel, entre nosotros dos ya no hay nada que hacer. Pasé página y me costó muchísimo hacerlo, pero destrozó nuestras vidas: la suya, la mía y la de Alma. Y eso no tiene perdón, le quiero no puedo negarlo.

Rectifico, le quería. Porque al Toño que se ha mutado día tras día entre esa celda, ya no. Ahora es una persona totalmente diferente al hombre del que me enamoré.

Pero en este momento no tengo tiempo de pensar en él. Mi hija es mi prioridad y tengo que ver que carajo le pasa por la cabeza para no estar en clase y meter en casa a un chico a sabiendas de que no me gusta ni un pelo.

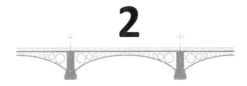

2

Llego a casa nerviosita perdida, no te lo voy a negar. Pensar en lo que puedo encontrarme me deja sin aliento. Antes de meter la llave en la cerradura de nuestro piso me santiguo, si has leído bien. Parece que tanto ver a personas hacerse la cruz esta mañana ha hecho mella en mí.

Cierro sigilosamente la puerta para poder escuchar lo que pasa dentro de mi casa. Recorro el pasillo de la entrada y llego hasta la barra alta de nuestra cocina que separa el comedor de esta. Dejo el bolso encima y escucho música al final del pasillo, procede de la habitación de Alma. Cojo aire y escucho risas a través de la puerta. Antes de abrir me recreo por un momento en la canción de *C Tangana* que suena a todo volumen cantando *Demasiadas mujeres*, me encanta esta canción, maldita sea. Espero que lo que me encuentre al otro lado de la puerta no haga que la odie de ahora en adelante.

Giro el pomo y entro sin avisar con cara de pocos amigos. Alma se queda paralizada en ese mismo instante, sentada en su escritorio mientras teclea algo en su ordenador. Su "amigo" algo mayor y para ella sigue sentado en una postura chulesca, con el móvil en la mano, al borde de la cama de mi hija.

Realmente no están haciendo nada que no sea escuchar música y reírse, pero lo mismo me da, ahora mismo creo que de las mil imágenes que se desarrollaban en mi mente está es la única que tiene un pase de oro.

—Mamá, ¿qué haces aquí?

—¿Cómo? Tienes el morro de preguntarme qué hago yo aquí. ¿Qué haces tú que no estás en clase?

Mi tono se ha ido elevando conforme formulo las preguntas. Prueba de ello son los ojos, como platos, que se le quedan a mi hija y la rapidez con la que el chulito de barrio recoge sus cosas y se levanta con cara de bobo.

—Alma, me voy. Ya te llamo luego.

—Ahórrate la llamada porque va a estar castigada sin móvil hasta que los sapos bailen flamenco.

Le contesto yo sin mirarle ni siquiera a la cara, mi mirada está librando una batalla de egos con la de Alma.

—Adiós, Luis. Luego hablamos.

Así que, Luis. Por fin sé el nombre del hijo del mecánico. Nota mental: Indagar sobre el susodicho.

Una vez que el chico sale de casa, prueba de ello el sonido de la puerta al cerrarse, se desata la batalla verbal entre madre e hija...

—Qué vergüenza, mamá. ¿Tú sabes lo que acabas de hacer? —Alma me grita mientras sus grandes ojos marrones se inundan de lágrimas para pasar rápidamente a correr su preciosa cara de muñeca de porcelana. Se me parte el alma, pero me recompongo.

—Alma, ¿por qué no estás en clase? —pregunto tajante, sin entrar al trapo de su chantaje psicológico, ni montar dramas que puedan darme la vuelta a la tortilla.

—Me encontraba mal, me ha venido el período, y tenía muchas nauseas. Te han llamado del instituto, pero no contestabas el teléfono…

—Eso no es verdad, a mí no me ha llamado nadie. —Miento porque no sé ni donde tengo el teléfono, pero eso no viene al caso— ¿Qué hacías aquí con ese chico sin mi permiso?

—Porque me ha acompañado para que no viniera sola. Estaba realmente muy mareada y le llamé yo para que viniera a recogerme. No hemos hecho nada, mamá. Por favor —se desespera ahora pensando en lo que yo me estaba imaginando.

—Alma, no puedes hacer lo que te dé la gana, siempre. Si te encuentras mal, vienes directa al taller. ¿Tú sabes lo que la gente puede pensar? —Solo decir eso ya me arrepiento de haberlo soltado, mierda.

—Eso es, ¿no? Te importa más lo que piensen las vecinas cotillas que lo que me pase a mí. Muy bonito, madre. Sí, señor. Tu amiga Virtudes, ella te ha ido con el cuento. ¿Verdad? Puta vieja cotilla.

—Para nada me importa lo que digan esa panda de cotorras y lo sabes. Pero no puedes evitar que me vengan con el cotilleo. ¡Su vida es demasiado aburrida!

—La tuya parece que también.

—Alma, no te consiento que me hables así.

—Tú no consientes nada. Te pareces a la abuela contigo. Así debías sentirte tú, ¿no? Cuando huiste de casa de los abuelos, y ahora quieres hacer lo mismo conmigo. De eso se trata, que no te venga con un bombo como hiciste tú en su día.

Duele, duele mucho. Esa lengua viperina que tiene acaba de romperme el corazón en dos. Por nada del mundo quiero ser como mi madre fue conmigo en su día. La rabia me consume. Cuando quiero darme cuenta, he avanzado hasta ella en solo dos zancadas y me pica la palma de la mano de la chuleta que le acabo de soltar con la mano abierta. Mierda, Rocío.

—Me has pegado, ¿estás loca? —Alma se lleva su fina y delgada mano a la cara enrojecida por la marca de mis dedos mirándome con los ojos cargados de odio y rencor. Su mandíbula se tensa y aprieta los labios en un gesto de contención.

—Alma, cariño. Perdóname, yo... —titubeo—. No sé qué me ha pasado, de verdad. Yo no quería, por favor. —Ahora la culpa hace que me tiemble la voz. Y estoy a punto de romper a llorar, cosa que hace mucho que no hago.

—No me pidas perdón, no vuelvas a tocarme. ¡¿Me oyes?! Ya no soy una niña pequeña. Tengo dieciséis años, por el amor de Dios... Mira ¿sabes qué? Me voy a casa de la tía Azahara a dormir. No quiero ni verte.

Va hasta su armario y rápidamente mete en su mochila el pijama y una muda de ropa.

—Alma, por favor. No te vayas. Vamos a hablar.

Me sereno y acaricio su larga melena morena mientras ella me da la espalda. Poso mi mano en su hombro y me acerco más a ella.

Parece mentira que ya esté igual de alta que yo, tiene un cuerpo fino con sus formas de mujer y bien moldeado a causa de los años practicando las clases de baile que desde bien pequeña tanto le apasiona.

Alma se gira despacio, mira mi cara bañada en lágrimas y veo en su mirada como su corazón se ablanda un poquito. No desaprovecho la ocasión y me abrazo a ella. Moriría si le pasará algo, Yeray tiene razón somos un equipo (de armas tomar, las dos, sí) pero juntas hemos crecido y aprendido. Ella a ser la mujercita que hoy es y yo a ser madre, porque nadie nace con el manual de la buena madre bajo el brazo.

—Alma, mi amor. De verdad que lo siento, no debería haberte puesto la mano encima. Jamás volverá a pasar, te lo prometo.

Ella permanece en silencio y después de unos minutos conmigo rodeando sus hombros y besando su cabeza, por fin cede y me devuelve el abrazo.

—Ya está, mamá. No pasa nada. Pero la primera y la última vez que me sueltas un guantazo de esos. Me han hecho palmas las orejas. Aun me pica.

—No volverá a pasar de verdad.

Me separo unos centímetros para mirarle a los ojos y acaricio su cara delicadamente con ambas manos, retiro de su rostro las ondas de pelo rebelde que se han pegado a sus rosadas y redondas mejillas, la beso y sonreímos.

Os puedo asegurar que no veréis en la vida una sonrisa más bonita que la de mi hija, es capaz de iluminar el corazón más oscuro junto con la profundidad y el brillo de su mirada. Sus largas pestañas y sus ojos grandes rasgados saben demostrarte en cada momento lo que pasa por su mente. Es una guapura, y eso me hace temblar de miedo. No es que no confíe en ella, es que no confío en los demás, aquellos que puedan querer pasarse de la raya con mi pequeña del alma. Sí soy muy mamá gallina, lo reconozco, qué le vamos a hacer...

—¿Te has tomado algo para el dolor?

Pregunto un buen rato después desde la cocina. Dejo el teléfono que por fin he localizado en el fondo de mi gran bolso. Por cierto, estaba en silencio y es cierto: tenía varias llamadas sin atender del instituto de Alma. Si mi cara fuera un Emoji ahora mismo sería el de la cara sonriendo con la gota de sudor en la frente.

—Sí, nada más llegar a casa me tomé un antinflamatorio —me contesta ella desde el baño.

—Perfecto, ¿quieres que vayamos a comer juntas? Acabo de hablar con Yeray y Candela, la cosa está tranquila en el taller. Voy a cogerme la tarde libre.

—¿En serio? La reina de los diseños de toda Triana descansando. ¿Tienes fiebre, no?

Se acerca rápidamente a mí, con tono de guasa, para tocar mi frente y poder así comprobar mi temperatura.

Nos reímos las dos y niego con la cabeza mientras voy camino de mi habitación.

—Estoy perfectamente, solo quiero pasar la tarde con mi hija adolescente. ¿Qué me dices? ¿Comida y compras? Esta noche tengo plan con Yeray y Candela, quiero estrenar algo bonito y sentirme bella.

—Palabras mágicas, por supuesto. Me encanta el plan.

La escucho aplaudir emocionada. Termino de cambiarme de ropa, me pongo un vestido negro, camisero, de manga corta con unas botas mosqueteras de tacón ancho en color camel. Me recojo el pelo en una coleta alta despeinada y salgo al encuentro de Alma.

—¿Nos vamos?

—Pero que mona va esta chica siempre.

Me dice mientras pasa por mi lado y me da un cachete en el culo, siempre estamos igual. Cosas de madre e hija.

Salimos del portal y vamos dando un paseo por nuestro pintoresco y popular barrio. Cogidas del brazo, caminamos hasta Ronda de Triana y sin pensarlo dos veces nos sentamos a comer en el bar: Ponme Dos.

Aquí nos hacen sentir una vez más como en casa y nos ponemos las botas tapeando sus maravillosas delicias hablando de todo un poco.

—Entonces, cuéntame. ¿Qué tienes con el tal Luis? —Intento profundizar en el tema, porque si no me va a salir una úlcera en el estómago.

—Mamá, me da un poco de corte hablar de chicos contigo. Pero si te quedas tranquila te diré que puedes estar tranquila, solo es un amigo.

—Sabes que puedes confiar en mí, ¿verdad?

—Por supuesto que lo sé. Pero vamos, que estás al día de todo. Tengo claro que lo que no me atreva a decirte a ti. Te llegará por parte de tus secuaces.

Nos reímos porque ella es consciente de que así será. Ya sea por mi hermana Azahara o por Yeray puedo estar tranquila de que sabrán mantener su confianza y darle buenos consejos en todo lo que ella necesite.

—Te gusta, mucho. —Afirmo—. Te lo noto en la mirada, que vives enamorada... —Tarareo la famosa canción dándole mi toque.

—Qué boba eres, mamá. Me gusta un poquito bastante. Tienes razón. —Confiesa por fin y yo intento mantener la calma sin que se me note el tic nervioso, mi ojo palpita internamente, pero ella ni se percata.

—¿Y él? ¿Te ha dicho que le gustas o algo?

—Bueno, es muy atento conmigo. Me cuida mucho y siempre aparece donde estoy con las chicas para pasar el rato conmigo. Pero no sé... No ha pasado nada de nada. Además, tiene a media Triana babeando por sus huesos. Es tan guapo... —se ha puesto en modo adolescente soñadora. Esta hija mía está hasta las trancas por el macarra ese. *Alerta Roja, Rocío.*

—Pues tú eres la chica más guapa de toda Triana, no tienes nada que envidiar. Además, bailas mejor que nadie. —Añado guiñándole un ojo.

No es porque sea mi hija. Es que lo dice todo el mundo, es una belleza y en todos los tablaos flamencos quieren contar con ella en su cuadro de baile.

—Exagerada. Mentirosa. Cómo se nota que eres mi madre.

Pasamos el resto de tarde de compras y no volvemos a nombrar al tal Luis, por hoy. Regresamos a casa cargadas con bolsas de varias tiendas de moda, nos hemos hecho con varios modelitos de la nueva temporada primavera-verano.

El teléfono de Alma suena y sonriente contesta.

—¡Tita! Pues de compras con mamá. Tienes que ver lo que nos hemos comprado, te vas a morir de la envidia… Vale, sí. Luego te lo enseño… No… Pues porque me lo haces grande con tus melones… —se ríe—… Sí, claro que quiero… Además, ella sale esta noche con Yeray y Candela… Pues no lo sé, pregúntale tú que es tu hermana… Vale, quedamos allí… Hasta ahora…. Yo más.

Cuelga el teléfono y enlaza su brazo con el mío sonriente.

—Tu tía, ¿me equivoco? Te ha pedido prestada la ropa nueva, ¿no?

—¿Como lo sabes, será cosa de hermanas? —nos reímos las dos—. Esta noche duermo en casa de ella. Viene a recogerme a casa. ¿Vale?

—No sé para qué me preguntas, si ya le has dicho que sí.

—Por quedar bien, más que otra cosa.

Llegamos a Plaza del Zurraque, donde se encuentra nuestra casa, y allí está mi hermana Azahara, apoyada en el capó de su Audi A1 (regalo de cumpleaños de mis padres) sonriéndonos conforme nos ve acercarnos. Alma sale corriendo a su encuentro y se abrazan como si llevarán semanas sin verse, y ya te digo yo que eso no es así, no pueden estar sin verse más de tres días seguidos.

—Hermanita, pero qué guapa estás —la saludo mientras beso su mejilla con cariño.

Y no lo digo por decir, ella es la única rubia con ojos claros de la familia, tiene los genes de mi abuela materna. Desde pequeña siempre ha sido como una muñeca, con su pelo *curly* rubio y su cara angelical, su cuerpo menudo y siempre vestida con las mejores marcas de moda. No sabe salir de casa sin sus tacones, yo no sé cómo puede andar de un lado para otro siempre sin dar un solo traspiés. Desde niñas siempre hemos sido como la versión femenina de Zipi y Zape, así nos apodaban en la familia.

—Tú tampoco estás nada mal, cariño —me devuelve el beso sonriente. Otra de sus maravillosas cualidades: Su sonrisa. El día que su sonrisa no ilumina tu día, ese día es que algo muy, pero que muy malo ha pasado—. ¿Dónde vas tú esta noche, gamberra?

—Vamos a la inauguración de un nuevo local de copas, está cerca de la catedral. Parece que va a ser lo más top de este año y Candela tiene un contacto que nos ha reservado una mesa en el privado.

—Anda, mírala ella. Toda la vida renegando de las comodidades de la gente VIP y ahora va a entrar de cabeza en ella.

Mi hermana y mi hija se ríen de mí descaradamente. Y razón no les falta, pero un día es un día y hoy no me importa lo más mínimo.

—Voy a ser VIP por un día, lo reconozco. Es lo que hay —me encojo de hombros guiñándoles un ojo.

Después de recordarme de nuevo que mañana es el aniversario de boda de nuestros padres y que ni se me ocurra olvidarme de asistir a la gran celebración. Alma y Azahara suben al coche y se marchan con la música a todo trapo de *Chema Rivas* cantando *Entre tú y yo*. Entro en mi portal dispuesta a estrenar mi nuevo modelito y dar mucha guerra está noche, tarareando la canción que mi hermana llevaba en el coche, ya no se me quita de la cabeza en toda la noche, seguro.

A las 9 ya estoy preparada y dándome el último toque de color en mis labios, hoy sí que me los maquillo bien.

Al final me he decidido por un vestido de los que me he comprado esta tarde, es un espectáculo, lo reconozco. Un escote de infarto con la espalda descubierta al completo cogido al cuello y entallado con fruncido en la parte trasera para resaltar mis posaderas y marcar curvas, largo casi hasta las rodillas y el tono verde militar con mi piel aceitunada me sienta realmente bien, decido complementarlo con un blazer en tono arena y unas sandalias de taconazo del mismo tono que mi blazer (espero no dejarme los dientes en alguna escalera, por favor) con finas tiras que me hacen unas piernas dignas de revista. No, no tengo abuela, como habéis podido comprobar.

Suena el telefonillo, mis amigas ya están esperando. Cojo mi bolso de mano y salgo de casa. Qué comience el espectáculo.

3

Salgo del portal dispuesta a comerme el mundo, y lo que haga falta.

—Ay, Mary. Pero como te me has puesto. Estás divina.

Yeray da palmas mientras viene dando saltitos a mi encuentro.

—Mary, tú no te quedas atrás. Pero cuanto destello llevas encima. Estás muy top —le devuelvo el halago porque realmente el estilo que lleva hoy es muy divino (demasiado brillo para mi estilo) pero en él todo queda sofisticado.

—¿Y yo qué? ¡Jefazas! Qué estoy aquí —se queja con un puchero exagerado e infantil nuestra Candela.

—Candelita, mi amor. Tú estás bella hasta con una mierda en la cabeza —le reprocha Yeray.

—¡Qué basta eres, hija! —Reprendo a mi socio—. Campanilla, tú brillas donde vayas con esa carita de niña traviesa y ese salero que te rodea.

Candela "mi campanilla" como yo la llamo cariñosamente, es un amor de niña. Desde que entró por la puerta de nuestro taller para pedir trabajo, algo en mí despertó y las ganas de adoptarla en nuestra pequeña familia fueron en aumento, tras lucirse con el primer zurcido con el que nos deleitó. Tiene unas manos maestras para la costura, es un diamante en bruto en nuestro atelier y nuestra mano derecha. Sin ella no seríamos nadie.

—Gracias, mis Marys maestras. Está noche lo petamos. ¿Estáis preparadas?

—Por supuestísimo —gritamos a la par Yeray y yo.

Cogemos un taxi hasta el antiguo pabellón olímpico construido en su día para la Expo'92, ahora más conocido por *Antique Theatre*. Salimos del taxi peleándonos por pagar, al final como siempre gano yo y le dejo una buena propina al taxista, a cambio de que esté atento para volver a recogernos cuando llamemos al teléfono que nos ha dado. Nunca se sabe cuan perjudicadas podemos salir y no es plan de esperar taxi con la tremenda cogorza que seguro cogeremos.

Me sorprende ver lo bien que han sabido aprovechar el espacio para reacondicionarlo en el lujoso local de moda en el que se ha convertido. Por lo que tengo entendido ha cambiado de dueño recientemente y hoy es la reinauguración de la discoteca.

—Madre mía, se han dejado un buen pastizal en esto ¿no? —comento en voz alta sin poder dejar de admirar las luces que se proyectan hasta el cielo para que todo el mundo sepa dónde está. Reparo seguidamente en las dos columnas majestuosas que simulan un templo romano, dándonos la bienvenida.

—Parece ser que el hombretón que lleva todo esto es uno de los señoritos andaluces y solterito de oro más cotizado de toda Andalucía. ¿Sabes quién es, Mary?

Yeray ¡cómo no!, está a la última de toda la socialité andaluza, yo en cambio paso tres pueblos de todo. No tengo ni idea de quién puede ser el susodicho, pero mira que le vaya bien, no me interesa lo más mínimo.

—Ni idea, Mary. A ver, sorpréndeme...

—Pues te vas a quedar con las ganas porque no me acuerdo de su nombre ahora mismo. Solo te diré qué está como quiere de macizo y más. Yo le haría todos los trabajitos del mundo que él quisiera, y no me refiero a los arreglitos que hacemos en nuestro atelier. Ya me entendéis.

Nos reímos mientras avanzamos tras Candela que se nos ha adelantado y está en la puerta hablando con los encargados de seguridad mientras estos revisan en la Tablet el nombre que ella les dice.

—¡Vamos, Marys! O no pillamos ni las sobras para cenar —nos grita para que entremos. No sin antes hacerle ojitos al chico de seguridad más jovencito que, para que mentirnos, no está nada mal.

—Candelita, si te quedas con hambre, parece que este buen chico no te hará pasar penurias —me rio mientras el pobre chaval se pone rojo como un tomate al darse cuenta de que le he pillado mirando de manera lasciva a mi campanilla.

—Todo se andará —dice ella seductora sin quitarle ojo mientras avanza y abre unas grandes puertas de cristal que dan a la zona central de la sala.

Nunca había estado antes en esta discoteca tan de moda de la capital hispalense, pero es preciosa. Mis ojos recorren el lugar sin perder detalle mientras camino a paso lento detrás de Candela, junto a Yeray. Esto debe ponerse hasta la bandera en un rato, suerte que ahora solo está abierto para las personas de la lista de invitados. Un catering de lo más completito, eso dice la más joven del grupo, nos dará de cenar.

Paredes de ladrillo, techos altos, sillones de piel formando reservados con luces tenues y muy sugerentes, una barra central gigantesca, de mármol blanco repleta de vitrinas con los mejores licores.

De frente un escenario con el logo de la discoteca en letras grandes y unas cortinas de terciopelo negro a ambos lados desde el suelo hasta el techo. Giramos hacia una escalera lateral y amplia que lleva hasta la parte superior donde se escucha la música más alta y el bullicio de decenas de personas. Subimos por ellas y con mis finos dedos recorro la majestuosa barandilla de hierro forjado que simula estar hecha de oro.

Al llegar a la planta superior, más lujo aun si cabe: Sillones blancos y mullidos, paredes decoradas en tonos oscuros y dorados, palcos que dan a la sala inferior donde poder ver como la "plebe" baila desde tu lugar privilegiado y cristaleras que separan unos reservados de otros. Un espectáculo para la vista sí, pero un sitio de pijos y señoritos andaluces, también.

La cena transcurre animada, entre copas de vino blanco y *Moët*, vamos cazando todo lo que los amables camareros van sacando en sus bandejas. Yeray y yo casi ni hablamos degustando lo bueno que está todo, mientras Candela no hace más que ir y venir con gente para presentarnos. Sin duda como relaciones públicas también podría ganarse bien la vida.

—¿Me explicas cómo nuestra Candelita conoce a tanta gente? —pregunto una vez que se aleja charlando animadamente con un grupo de chicas que apostaría mi mano derecha a que me suenan de verlas en los programas de conquistar a un tronista, ese que Alma no para de ver en televisión.

—¡Ay, Mary, juventud divino tesoro! Estamos mayores ya; y no nos movemos por estos ambientes. ¿Tú has visto cuánto ganado? Madre del amor hermoso.

La verdad es que mi amigo tiene razón, está repleto de gente guapa y no puedo apartar la vista de un morenazo que no me quita el ojo desde que hemos llegado. Tiene un parecido impresionante a Maxi Iglesias, y si sigue mirándome así me dejo que me haga el guardaespaldas y lo quiera esta misma noche. Levanto mi copa en su dirección y doy un pequeño sorbo a mi copa, a este paso no soy capaz de llegar ni al baño. He perdido la cuenta de las que han caído ya.

—Mary, ahí está. Ha llegado. —Mi amigo se pone nerviosito perdido mientras señala con la cabeza hacía mi espalda.

—¿Quién? Hija mía, ni que hubiera llegado Ricky Martin —me rio mientras me volteo sobre mi taburete para ver a la persona que tanto impresiona a mi amigo—. ¡Mierda!

Vuelvo a mi posición inicial y me encojo sobre mí misma para pasar desapercibida.

—Tía, ni que hubieras visto un fantasma. Ahora caigo, Álvaro de Las Heras, así se llama el dueño de esto y de media Andalucía. Estás paliducha. ¿Qué te pasa, Mary? —se santigua con su tic nervioso. Ya lo echaba de menos.

—¿Esto es de Álvaro? Ay, madre mía. Tengo que ir al baño. —Mi amigo se queda de estatua de piedra *ipso facto*. Y yo me tenso al instante, al notar en mi espalda ese escalofrío en la nuca al igual que años atrás.

Demasiado tarde, Rocío. Cierro los ojos en un acto reflejo y aspiro su embriagador perfume, es dulce y suave con toques de frambuesa y almizcle blanco, ese aroma me nubla completamente los sentidos mientras trago saliva.

—Buenas noches, Rocío. Qué gusto volver a verte de nuevo. —Su grave y seductora voz hace que todo mi cuerpo se estremezca. Maldita sea, me maldigo.

—Buenas noches, Álvaro. Cuánto tiempo sin verte.

Sonrío de manera exagerada girándome de nuevo en su dirección. Y podéis imaginar lo que pasa ¿No?

Pues eso: que me levanto, para saludarle, de mi taburete con mucho ímpetu y tan mala suerte que me voy de bruces contra su pecho, otra vez...

Me cago en todo lo que se menea. Una vez más sus grandes manos y sus fuertes brazos se aferran a mi cintura, salvándome de nuevo, rozando con sus dedos la parte baja de mi espalda que queda al descubierto por el vestido que llevo puesto. Una corriente eléctrica recorre por entero mi menudo cuerpo frente al de este Dios griego que impone solo con su presencia.

—Vaya parece que lo nuestro es un continuo tropiezo, por tu parte. ¿Estás bien? —me deslumbra con su sonrisa increíble antes de darme dos pausados y lentos besos a modo de saludo.

—Pues eso parece. —Correspondo su saludo y me recoloco el vestido, mal día para llevar tan poca tela. De la manera en que me inspecciona de arriba abajo me siento desnuda al momento.

—Te presento a mi amigo y socio Yeray. Yeray él es...

—Álvaro de Las Heras. Encantado de conocerte —se apresura mi amigo dándole un apretón de manos, a modo de saludo muy hetero, pero sin poder disimular las chiribitas que hacen sus ojos.

—Encantado, Yeray. Bueno, chicos, pasadlo bien —se despide con esa sonrisa de romper bragas que tiene para seguir saludando a toda la gente que tiene como invitada—. Nos vemos luego, Rocío.

Y lo dice con una afirmación rotunda sin despegar sus ojos de los míos y con una sonrisa canalla dibujada en su perfecto rostro. Me quedo clavada en el sitio. Definitivamente la noche se presenta movidita con semejante semental cerca.

4

—Ya puedes largar por esa boquita, Mary. —Yeray no pierde la oportunidad para comenzar el interrogatorio una vez que se cerciora de que Álvaro no está cerca—. ¿De qué conoces a semejante macho alfa?

—Ay, Mary —me llevo la mano a la frente para darle más dramatismo a la situación, y añado—. Primero necesito un copazo bien fuerte para poder contarte la historia.

El catering ha terminado y en cuestión de minutos la discoteca está a reventar de gente, la música suena con fuerza y la gente ya está desinhibida bailando y coqueteando entre ellos.

Nos dirigimos hasta la barra más cercana mientras bailamos al son de *La mujer traiciona* de *Lenny Tavárez*. Una vez que nos hacemos con nuestras correspondientes copas, Ron-cola para mí y Vodka-tónica para mi fiel amigo. Nos vamos directas hasta uno de los sofás libres para tener intimidad y poner al día a Yeray de lo que le interesa saber.

Le pongo al día de como volví a coincidir con Álvaro después de muchos años, la noche en que Toño entró en prisión. Que es el hijo de uno de los socios de mi padre, amigo de la infancia de mi hermano Sergio, como me hacía sentir de pequeña, sin obviar el detalle que tuvo llevándonos a mí y a Alma a su baño privado y como se insinuó sin ningún reparo conmigo cuando estábamos a solas.

No omito tampoco las noches que pasé después pensando y soñando con él, como mi padre intentaba por todos los medios que quedara con él para airearme, cosa que nunca llegó a suceder, ya que yo no estaba por la labor. Las infinitas y largas llamadas que mantuve con Álvaro durante los meses siguientes. Su apoyo, me ayudó mucho a seguir adelante después de aquel día.

Hasta que un día sin más dejó de llamar y no volví a saber nada más de él, hasta hoy. No es que me molestará que desapareciera, no negaré que me gustaba hablar con él y su manera de hacerme reír fue un soplo de aire fresco durante mis meses más bajos de ánimo. Pero me quedó claro que él buscaba otra cosa aparte de mi amistad y deduzco que como no consiguió su propósito de llevarme a la cama, se cansó y decidió irse a otra cosa mariposa. Y no le culpo, solo hay que verle para saber que allá donde vaya tendrá a más de una dispuesta a darle mambo.

—Ro, esto es cosa del destino. —Y ahí está de nuevo su tic nervioso—. Tienes que ir a cenar con él. Ahora sí, es el momento.

—Tú estás fatal, deja de beber. Han pasado ya como seis años desde que no sé nada de él. Quizás está casado o vete tú a saber.

—No, cariño. Ese hombre está soltero, que no entero. ¡Pero si es el soltero de oro de todo el Sur! Para lo que tú usas a los machos, amiga. Este te viene como anillo al dedo.

—Cállate, anda. Con él no podría ser así, es amigo de la familia. Yo no quiero volver a quedar con nadie después de una buena sesión de sexo, ni cariños, ni compromisos. Te lo recuerdo. —Sonrío de manera descarada.

—Pues muy tonta serías si desaprovecharas la ocasión —me señala con el dedo acusador entrecerrando los ojos—. Por cierto, ¿dónde andará nuestra Candelita?

—Pues no tengo ni idea. Yo necesito ir al baño, he bebido demasiado y mi vejiga no aguanta más. Espera aquí, vuelvo enseguida y nos vamos a mover estos cuerpos serranos a la pista.

—No tardes, Mary. Qué se me van los pies solos, aquí te espero.

Me levanto y me percato de que efectivamente he bebido un poquito más de la cuenta. Pregunto a un grupo de chicas por el baño y me señalan hacía un pasillo, me encamino hacia la dirección señalada sin perder detalle de todo lo que veo a mi alrededor. Incluso reconozco alguna cara conocida del faranduleo, entre ellos futbolistas, toreros, actores y cantantes.

—Madre mía, aquí la prensa se hace polvo, tienen carnaza para meses enteros —me rio sola pensando en lo que saldría de esta noche.

Llego hasta el final del pasillo y compruebo con toda la decepción del mundo, que hay demasiadas mujeres esperando. Me apoyo en la pared mientras cruzo mis piernas disimuladamente para contener las ganas de orinar tan grandes que tengo.

—Buenas noches.

El doble de Maxi Iglesias está frente a mí con una sonrisa de lo más sensual y una copa en la mano.

—Buenas noches —respondo a su saludo con una sonrisa. Pues parece que la cosa se pone muy, pero que muy, interesante.

—Mi nombre es Manuel, y ¿tú eres?

—Encantada Manuel, yo soy Rocío —me inclino hacia él para darle dos besos y vuelvo a mi posición inicial.

—No aguantas más, ¿verdad?

—¿Perdona? —No tengo ni idea lo que me insinúa.

—Qué te orinas mucho por lo que veo.

Señala con su mentón a mis piernas que sin darme cuenta van a su rollo con el baile de San Vito. Se ríe de una manera muy masculina contagiándome a mí con él.

—Muchísimo, no sabes cuánto. Y parece que esta cola no avanza. ¿Tanto cuesta llegar, hacer tus cosas y salir? —pregunto desesperada.

—Eso os pasa por ir en grupo al baño. No como nosotros, no necesitamos compañía para eso. Siempre me he preguntado ¿por qué vais en masa al baño las mujeres?

—Para contarnos los chismes de la noche, principalmente, y también para dejarnos el maquillaje las unas a las otras. Por eso siempre estamos tan divinas antes, después y durante toda la noche.

Nos reímos a la vez y sin previo aviso agarra mi mano y me acerca a su cuerpo.

—Acompáñame, conozco un baño que estará libre. No pienso permitir que una mujer tan divertida como tú tenga que irse corriendo por incontinencia urinaria.

Asiento con la cabeza, embobada por sus ojos y la sonrisa que tiene y me dejo guiar muy pegada a su cuerpo sin rechistar. Otro con complejo de salvador de meados ¿tendré un radar para ellos?

Subimos un pequeño tramo de escaleras, oculto tras una pesada y gran cortina de terciopelo negra para llegar a un nuevo pasillo. Este bastante más estrecho, con varias puertas cerradas a manos lados y una de doble hoja al final. Le sigo entre risas y llegamos de la mano hasta la puerta del final, mira a ambos lados comprobando que no haya "moros" en la costa y empuja la gran puerta.

Frente a mí un gran despacho con una pared de cristal que permite vislumbrar todo lo que se sucede en la discoteca. En los laterales unos sofás negros de piel, el suelo enmoquetado de color granate y las paredes con marcos de fotos de mucha gente famosa pasándolo bien en ese mismo lugar.

Una gran mesa de estilo colonial en madera de roble ocupa el centro, sobre ella: un iMac (más grande que mi televisor) y en una de las paredes un circuito cerrado con varias pantallas que permiten ver cada barra donde se sirven las bebidas desde todos los ángulos.

—Madre mía, que obsesión con tenerlo todo controlado desde aquí —exclamo en voz alta.

—El baño esta tras esa puerta, date prisa —me apresura nervioso sin perder vista de la puerta, supongo que esperando que no entre nadie.

—Gracias, es verdad. Perdona.

Entro corriendo y cierro tras de mí. ¿Qué decir del baño? si tienes hasta una ducha de pared a pared, con los muebles de diseño en mármol blanco y negro más relucientes que los chorros del oro. Me siento a hacer mis aguas menores y maldita sea, el chorrillo no cesa. Al otro lado de la puerta escucho dos voces varoniles hablar y me tenso al momento.

—Joder, Rocío. ¿Cómo se te ocurre irte con un desconocido sin avisar a nadie? ¿Y si es un loco que quiere matarte? ¿Y si ahora está ahí con sus amigos para hacerte lo que les dé la gana?

Me doy varios manotazos en la frente por estúpida y cuando termino, después de lavarme las manos. Saco mi móvil del bolso y marco rápidamente el número de Yeray para decirle donde estoy y que venga hasta aquí, por si las moscas.

—Nada, no hay señal. ¡Me cago en todo!

Alguien llama a la puerta insistentemente, y yo después de recolocarme la melena, saco pecho y ando con paso firme con el bolso en la mano, bien sujeto, por si lo tengo que usar a modo de arma de defensa. Abro decidida la puerta corredera y si me pinchan en este momento os juro que no me sacan sangre.

—¿Rocío? ¿Qué haces tú aquí? —me pregunta Álvaro con cara de sorprendido y sin entender nada.

—Esto... Yo... Perdona, ya me voy. —Maldita sea, ni rastro de Manuel, será cobarde el tipo. Ha salido por patas. Cómo lo pille abajo se va a enterar.

Me apresuro hasta la puerta de salida del lujoso despacho, pensando en lo imbécil que soy. De quién iba a ser si no, Rocío. Yeray ya me dijo quién era el dueño de esto, cómo no lo he pensado antes.

—Espera, un segundo. —Álvaro me alcanza y antes de que pueda abrir la puerta, bloquea la única vía de escape con su fuerte brazo desde mi espalda. Me detengo con la cabeza agachada por la vergüenza y el nerviosismo de tenerle en mi retaguardia con su cuerpo tan pegado al mío.

—Tengo que irme... Me esperan abajo.

— ¿Manuel? No creo que te espere. ¿Por qué has venido aquí con él?

—Tenía muchas ganas de hacer pis... Estábamos hablando en la cola del baño de mujeres, nos hemos llevado bien y me ha traído hasta aquí porque no me aguantaba más... No sabía que iba a molestarte, lo siento. Ya me voy.

— ¡Vaya! Parece que tú y los baños no os lleváis demasiado. —Su mandíbula se relaja unos segundos intuyo un amago de sonrisa, pero rápidamente vuelve a la tensión del inicio. —No me molesta, Rocío. Me molesta más que hayas venido con otro hombre hasta aquí sin conocerle lo más mínimo.

Parece molesto, pero yo lo estoy más.

—¿Qué estás insinuando? ¿Qué porque un tío con gran parecido a Maxi Iglesias y que está que te caes de culo me haya traído hasta aquí para ahorrarme la cola y evitar así mearme encima, yo voy a pagarle el favor con un *polvazo* sobre esa maravilla de mesa? —Señalo con la cabeza la gran mesa. Y me arrepiento al instante de haber soltado todo eso por mi boquita. El alcohol me hace hablar sin filtros…

—¿Igual que quién? —Pregunta divertido, parece que le hace gracia mi incontinencia verbal.

—Qué nadie, déjalo. No vale la pena. —Intento volver a abrir la puerta, pero de nuevo me lo impide. Me giro ahora para verle, cara a cara y sin pensarlo dos veces le apunto con el dedo acusador en el pecho y se lo hundo en su fuerte y definido torso.

—¿Quién te crees que eres? Déjame ir ahora mismo —le exijo.

—Así que está que te caes de culo y fantaseas con tener sexo en mi mesa… Interesante. —Sus pupilas se dilatan y en un acto reflejo pasea su lengua sobre su labio inferior.

El alcohol que he ingerido me nubla la razón, o puede que sea lo jodidamente arrebatador que resulta tenerle tan cerca y con ese rostro de empotrador. No caigas, Rocío. No lo hagas. La vas a liar parda.

Lo atraigo hasta mí, agarrándole del cuello de la camisa y beso sus labios con pasión. Él me responde de la misma manera, me agarra de los muslos y en dos grandes zancadas me sienta sobre la gran mesa. Mis labios están hinchados por lo que ha llegado a durar ese apasionado beso una vez que se ha retirado para que podamos recuperar el aliento. Un segundo más tarde, me mordisquea los pezones que le saludan gloriosos y erectos ante el roce de su camisa. Gimo cuando siento sus dientes apretar con fuerza y él me quita las bragas bajándolas por mis piernas y se las guarda en el bolsillo...

—Espera, Álvaro. Para, esto no está bien. —Intento parecer decidida sacando fuerzas para detener esto antes de que se nos vaya de las manos, más si cabe.

Se separa unos centímetros de mi cuerpo y veo la frustración en sus ojos. Me levanto de la mesa y me recoloco el vestido con prisas ante la mirada intimidatoria de él. Debe pensar que estoy como una jodida cabra, primero me abalanzo sobre él y después de calentarle lo dejo con las ganas. Bravo por ti, bonita.

Me dirijo hacia la gran puerta y antes de salir, me giro de nuevo encontrándome con su mirada de acero escrutándome de nuevo.

—Lo siento, de verdad. No sé qué me ha pasado. Yo no puedo hacer esto contigo, sería complicarlo todo demasiado.

Salgo cerrando la puerta detrás de mí y me apoyo en una de las paredes para recuperar el aliento perdido.

"Joder, Rocío. ¿Qué has hecho? Es amigo de la familia, no puede ser. Aléjate de ese pecado o la cosa acabará mal. Además, ni siquiera le has preguntado por que desapareció de esa manera de tu vida", Me regaño a mí misma haciendo que ponga los pies sobre la tierra y pienso mil cosas que podrían salir mal por un calentón de una noche.

Me coloco el pelo y doy gracias a la vida por llevar un pintalabios no corrosivo y de larga duración, antes de continuar mi camino para encontrar a mis amigos

—Mary, ¿dónde estabas? Me tenías preocupado. —Yeray está junto a Candela hablando animadamente cuando me ve llegar hasta ellos.

—Ya sabes. Las colas qué se forman en los privados, la gente hace de todo menos mear ahí dentro. —Intento bromear para que no noten nada, solo me faltaba tenerlas en modo locas dándome de hostias por no haber sucumbido a la tentación con semejante hombre, que por cierto lleva mi ropa interior en su bolsillo. Mierda—. Vamos a menear el cuerpo ¿no? Pero antes necesito un chupito.

Después de tomarnos tres chupitos de tequila escuchando a Candela con sus chismes de quién es quién, las cornamentas de las mujeres de los presentes y las medidas de los que han pasado por su cama, con su particular toque de humor, consigue que se me olvide un poco lo vivido minutos atrás mientras nos descojonamos de la risa con ella.

Decidimos bajar a la planta inferior y bailar en la pista de baile. Lo que hay aquí ya nos gusta más, la gente "normal y corriente" baila desinhibida al ritmo de la música. Nos hacemos hueco entre la multitud y cuando empieza a sonar *Loco* de *Justin Quiles*, no venimos arriba dándolo todo sin parar de bailar este temazo y otras muchas canciones que vienen después.

Estoy en pleno baile sensual y acalorada perdida, dejándome llevar por la música y mi imaginación. Sí, puedo imaginarme a Álvaro mirándome desde su despacho, con mi lencería entre sus manos y de pie a través de esas grandes cristaleras ahumadas que tiene allí arriba. Esa visión me hace ponerme muy a tono. No lo puedo evitar, mis ojos miran cada dos por tres disimuladamente hasta ese lugar donde, literalmente, he perdido hasta las bragas

5

Noto unas fuertes manos recorrer mi cintura y un gran cuerpo que baila demasiado pegado a mi trasero. Me freno en seco y me giro con cara de pocos amigos para darle una buena leche a quién se atreva a cortarme el rollo, cuando me topo de frente con la preciosa mirada de Manuel.

—Vaya si estás aquí. Pensaba que andabas colgado de alguna de esas lujosas lámparas, escondido como el cobarde que eres —le increpo de malas maneras.

—Perdona, tienes toda la razón del mundo. Lo siento. Es que mi primo no es muy confiado que digamos y me ha echado de malas maneras sin darme oportunidad de poder esperarte.

—¿Perdona? ¿Has dicho tu primo? —Joder, la cosa no podía ir a peor. Ahora resulta que la familia de las Heras tiene el ranking número uno a los tíos más macizos de toda España. Gracias universo, tú sigue a lo tuyo, no me des tregua.

—Sí, el dueño de esto es mi primo Álvaro. No me digas que ha sido un maleducado contigo —se hace el ofendido—. No es mala persona, disculpa si te ha dicho algo fuera de lugar. No suele ser muy amable, qué digamos…

—Si tú supieras… —Esto lo digo en voz baja, obviamente—. Tranquilo no ha pasado nada, me he dado un susto de muerte. Pero he salido ilesa—. Sin bragas y con un calentón de tres pares de narices, por cierto. Pero vivita y coleando, eso sí.

—Lo siento, ¿me dejas compensarte? —me pregunta con esos ojos azules mirándome dulcemente mientras recorre mi mejilla con una sutil caricia de sus dedos.

—¿Qué tienes en mente? —pregunto sin desconectar nuestras miradas con una sonrisa traviesa.

Agacha su cabeza para estar a la altura de mi oído y susurra muy lentamente, haciéndome cerrar los ojos de deseo.

—Tengo mil cosas en mente, no te lo puedes ni imaginar. ¿Nos vamos? Desde que te he visto llegar me muero por comerte entera.

¿Y ahora qué? Mi mente hace cábalas sin saber que contestar. Por un lado, me muero por irme con él y desfogarme a gusto entre sus brazos, como llevo pensando desde que lo he visto hace horas. Pero, por otro lado, es primo de Álvaro y teniendo en cuenta lo que ha pasado hace unos minutos en ese despacho y nuestra pequeña historia de "amistad" no creo que sea lo más adecuado… Además, es necesario que vuelva a recordar el tema lencería ¿no?

—No puedo irme contigo, he venido con mis amigos y por más que me gustaría, créeme. No estaría bien.

—Déjame invitarte a una copa entonces y hablar un rato más contigo. Me tienes obnubilado con tu presencia. —Sonríe de medio lado con una sonrisa preciosa. Y yo asiento, por una copa. ¿Qué más puedo perder? Nótese la ironía en mi pregunta.

—Chicas —me giro hacía Yeray, Candela y las amigas de esta que siguen a lo suyo... bailando como locas. —Ahora vuelvo, voy a la barra con Manuel.

Él las saluda y ellas devuelven el saludo embobadas, después asienten con la cabeza y siguen como si nada. Manuel entrelaza los dedos de su mano con los míos y me guía tras él hasta la barra de la entrada, donde parece que la música no suena tan elevada y tenemos un poco más de intimidad.

Nos sentamos en unos taburetes vacíos con nuestras piernas rozándose y pedimos un par de copas más. Ya he perdido la cuenta de las que llevo, pero es como si lo que pasó con Álvaro me hubiera reiniciado de todo lo anterior, lo juro. Estoy divinamente.

Manuel pasea su mano por mi rodilla desnuda sin dejar de mirarme como si pudiera leer a través de mis ojos.

—Me pareces fascinante, Rocío. Cuéntame cosas de ti.

—Pues no sé de dónde sacas esa idea, Manuel. Soy de lo más normalito que hay por aquí.

Abarco con mis brazos el espacio de toda la lujosa discoteca.

—Por eso precisamente, porque eres la mujer más bella y sensual de todo esto. –Imita mi gesto—. Y ni siquiera te das cuenta de ello.

—Vaya, eres un encantador de serpientes —me rio abiertamente—. Muchísimas gracias, podría decir lo mismo de ti. ¿Sabes que eres muy parecido a *Maxi Iglesias*?

Una carcajada varonil y de lo más sexy retumba en mis oídos, arrastrándome con él. ¿Qué les dan en esta familia a los varones para que sus risas conecten tanto con la parte más íntima de una mujer?

—No me lo han dicho nunca. —Mira hacia el techo con un gesto descarado, dejándome claro que se lo han dicho más veces de las que le gustaría.

—Mientes como un bellaco, estás cansado de escucharlo —le doy un puñetazo, flojito, en su hombro.

—Vale, me has pillado. Me lo dicen a menudo, sí. Es un halago. Pero yo de actor no tengo nada.

Entre risas y con calma nos tomamos la copa, ajenos al resto del mundo. Hablamos de nuestras vidas y me siento realmente a gusto con él. Es encantador, atento y un hombre de negocios de lo más interesante. Le hablo de mi taller, de Alma y de lo mucho que adoro mi barrio de Triana. Intercambiamos nuestros números de teléfono y quedamos en llamarnos un día de esta semana para cenar juntos.

Cuando nos damos cuenta del largo rato que llevamos hablando decidimos dar por finalizada la conversación y justo cuando estamos a punto de besarnos, cómo me lo imagino yo, con fuegos artificiales y mucha pasión. Todo se desploma.

A milímetros de juntar mis labios con los de Manuel, aparece Álvaro como un fantasma detrás él. Con una pose tensa y una mirada de acero que me deja paralizada, me quedo como si la mismísima Frozen me hubiera tocado con sus gélidas manos, congelada. Cojo aire lentamente mientras miro al techo ¿De verdad? Dios mío ¿tienes que hacerme todas estas jugarretas en el mismo día?

Manuel al percatarse de mi momento estatua de hielo se gira para ver qué pasa. Y el pobre iluso, sonriente y orgulloso, me acerca a su cuerpo con la mano en mi cintura antes de hablar.

—Álvaro, mira te presento a Rocío. Ya os habéis conocido antes, ¿no?

Tensión en aumento y respiración cortada.

—Hola de nuevo, Rocío. Nos conocemos desde hace años, ¿verdad?

Contesta Álvaro sin apartar sus ojos de los míos y a mí me cuesta hasta tragar saliva, imagínate hablar... Pero no soy conocida precisamente por ser una cobarde, así que no me queda otra que contestar.

—Sí, ya nos hemos visto antes —contesto con calma—. Además, nuestro padres son socios y buenos amigos. Hola de nuevo, Álvaro.

—Tienes razón, es un buen amigo de la familia. Luego te pongo al día, Manuel. Tenemos que irnos, ha surgido un imprevisto.

—¿Va todo bien, Álvaro?

Ahora él que se tensa es Manuel. A saber, que se traen estos dos entre manos, porque el rostro de Álvaro es como el de un asesino a sueldo. Tiene una tensión en los hombros que le tiene que costar lo suyo en sesiones de fisioterapia.

—El coche nos está esperando, no hay tiempo que perder. Adiós, Rocío. —Álvaro se da la vuelta y camina con paso firme hasta la entrada.

—Lo siento, preciosa. Tengo que irme con él, parece que algo no va bien. Te llamo, ¿de acuerdo? —me da un suave y lento beso en los labios antes de marcharse con una sonrisa de oreja a oreja que se le dibuja en la cara despidiéndose de mí.

—No te preocupes. Espero que todo vaya bien —le devuelvo la sonrisa.

Sale a paso rápido tras la puerta por la que ha desaparecido Álvaro y yo me quedo ahí sin saber que cojones ha pasado. Espero que no se dediquen a inspeccionar mis bragas esos dos…

Vuelvo con mis amigas y sigo bailando, ajena a todo y como si la que se me viene encima no vaya a ir conmigo. El universo debe estar pasándolo en grande a mi costa.

64

Amanezco en mi cama con la boca pastosa, más seca que la mojama, y un terrible dolor de cabeza. Maravilloso día para tener una resaca de campeonato, pienso al recordar que hoy es el aniversario de boda de mis padres y me apetece algo parecido a que me claven alfileres entre los dedos del pie.

—Vaya día me espera —me quejo en la soledad de mi habitación, o eso me creo yo.

Un fuerte ronquido en mi espalda me hace temer lo peor ¿A quién narices me traje yo anoche? Me giro lentamente con miedo de lo que me voy a encontrar y al toparme de frente con el aliento mañanero de mi acompañante y su boca medio abierta y babeando. Respiro tranquila. Yeray, ¿cómo no?

—Necesito café, en cantidades industriales, para superar esto —me digo en voz baja para no despertar a la bella durmiente.

Me levanto de mi acogedora cama en silencio y salgo al pasillo, tras cerrar la puerta de mi dormitorio a mi espalda. Escucho ruido en la cocina y entrecierro los ojos, mi mente comienza a recordar en forma de ráfagas como llegamos a casa.

—Esto parece el camarote de los hermanos Marx —bromeo conmigo misma, encaminándome hasta la cocina.

—Buenos días, jefa.

Me saluda pizpireta Candela con un café humeante en mi taza favorita, la misma me regaló Alma para mis 28 cumpleaños con una foto nuestra, juntas y muy sonrientes en unas vacaciones que hicimos a Lanzarote, bajo la foto se puede leer: Para la mejor mami del mundo mundial. Sonrío al recordar ese viaje (regalo de mis padres a nosotras) y lo mucho que lo disfrutamos.

—Buenos días, campanilla. Cuéntame tu secreto, por favor.

Cojo la taza y tomo asiento en uno de los taburetes altos apoyando los codos sobre la barra de la cocina y que hace a las veces de mesa.

—¿Qué secreto?

—El tuyo, para amanecer así de radiante y sin resaca después de bebernos hasta el agua de los floreros anoche. Yo no puedo con mi cuerpo —me quejo mientras apuro ese delicioso café que me empieza a dar un poco de vidilla.

—Mi botiquín secreto. Nunca me voy a dormir la noche que me paso de copas sin tomarme un sobre de ibuprofeno en un gran vaso de agua. Mano de santo —me guiña un ojo.

—Mala pécora, eso se confiesa antes. Te voy a tener toda la semana cogiendo pespuntes de las vecinas más cotorras, como castigo.

Es una broma y mi mirada cómplice acompañada de mis risas dan fe de ello, pero no te pienses que no se me pasa por la cabeza. Aunque no soy tan malvada, de verdad.

—A los buenos días, mis Marys. ¿Qué es tanta risa? Me habéis despertado cotorras.

Yeray sale frotándose los ojos con su pijama de verano repleto de aguacates sonrientes. No, no es que vaya con una bolsa de viaje, es que como pasa tantas noches en casa con Alma y conmigo, ya tiene un cajón de nuestro vestidor solo para él y sus mudas de recambio.

—Aquí, la Candelita, que tenía un secreto para la resaca maravilloso que no había compartido con el resto. Será malaje la tía —le pongo en situación.

—¿No será el sobre de ibuprofeno con el gran vaso de agua? —Ante mi cara asombrada y acusadora, de tú lo sabías. Remata—. Ay, Mary. No te faltan primaveras a ti. ¿En qué mundo vives?

—Seguramente, en el de las personas responsables y no alcoholizadas que beben de higos a brevas y no tienen un máster en: Como salir cada noche y no ser un Zombi a la mañana siguiente. —Contraataco a esas dos Mari liendres que se burlan de mí descaradamente.

—No, mi amor. Tú estás en el mundo de las que salen sin bragas de una discoteca después de comerse el hociquillo con los dos hombres más follables de la Tierra.

Vale, esa ha estado bien, lo reconozco. Pero que estallen en carcajadas a mi costa me toca la moral y otra cosa que mejor me lo guardo para mí.

—Por lo que veo el alcohol me soltó la lengua más de lo esperado. ¿Podemos obviar ese tema? Gracias —me llevo las manos a la cara para ocultar la vergüenza que siento ahora mismo.

—Tranquila, jefa. Si ya te admiraba, desde anoche te has convertido en mi Diosa. —Candela me hace una reverencia exagerada—. Explícanos cómo es posible que los dos hombres más guapos de todo el Sur estén loquitos por tus huesos.

—Eso, eso. Avariciosa, aún estoy en modo soponcio por todo. —Reafirma Yeray.

—Dejaros de rollos. Qué menudo follón tengo encima. Tierra, trágame.

—Mejor trágate tú, otra cosa. —Yeray sube las cejas rápidamente mientras hace movimientos obscenos con su boca y un plátano, ya me entendéis ¿no?

—Tú no tienes remedio, siempre pensando en lo mismo. —Menos mal que Candela dice lo que pensamos las dos por mí.

—Pues como parece que ayer ya os puse al día de todo lo acontecido. Ya podéis ahuecar el ala, que aquí la menda, tiene que prepararse para el evento del año en casa de sus padres. —Nótese la ironía en mi voz.

—Ay, Mary. Qué la paciencia te acompañe —se santigua Yeray. Y tiene más razón que un Santo porque no me cabe duda de que entre los asistentes al evento familiar, me encontraré con la cara guapa de cierto hombretón. Universo te imploro que hoy sí que seas bueno conmigo, por favor.

7

Dos horas, después de que mis queridas amigas hayan salido de casa, aquí me encuentro arreglada y revisando mi reflejo en el espejo de mi habitación. Cogiendo fuerzas para el día que tengo por delante.

Cuento con la ilusión de volver ver a mi hermano Sergio. Él lleva viviendo en Barcelona desde hace más de un año y aunque estamos constantemente conectados con las nuevas tecnologías, necesito sus abrazos, en más de una ocasión, para poder seguir adelante. Lo echo tanto de menos...

Para el evento de hoy me he decantado por un vestido largo de color rojo con pequeños lunares blancos, tirante fino y cruzado al pecho dejando a la vista mi escote con un sutil volante en sus costuras. Al caminar mis piernas quedan a la vista y me da esa seguridad que hoy necesito, mis sandalias de tiras con tacón alto anudadas al tobillo y mi pequeño bolso con asa de cadena de Carolina Herrera en color coral. El pelo lo he dejado suelto y ondulado cubriendo mi espalda casi por completo. El maquillaje discreto, recreándome en mi mirada oscura para darle un toque más serio. Pues ya estaríamos...

Bajo a la calle y el clima primaveral de mi ciudad es una delicia, el día es soleado y parece, según las noticias, que este mes de marzo será caluroso. Sin llegar a ser sofocante, para eso ya tendremos tiempo cuando llegue el verano.

Subo a mi coche y me coloco las gafas de sol antes de arrancar en dirección a casa de mi hermana donde tengo que ir a recogerlas, a ella y a mi hija, la mejor opción es ir las tres juntas, sin lugar a duda.

La voz de *Marina* cantando *Deseo* me acompaña en el trayecto.

"De tu mirada, tu pelo, tu risa, tu cara gitana...
Los lunares de tu cuerpo entero, y que tú sientas lo mismo que siento,
bailarte lento niño en cada beso..."

Canto sin pudor. Eso no os lo he dicho, pero se me da bastante bien el cante, desde pequeña mis padres siempre me hacen cantar en las reuniones para que sus amigos vean lo bien que su hija mediana lo hace. Sí, tienes razón la madre canta de vicio y la hija baila que te mueres, ya tenemos el cuadro flamenco liado, siempre podemos dedicarnos a las **BBC** (bodas, bautizos y comuniones) si la cosa se tuerce...

Llego hasta casa de mi hermana y toco el claxon dos veces para que bajen Pili y Mili, así las llamo yo, porque son tal para cual. Cinco minutos después, ahí están mientras mi hermana cierra la verja de su casita adosada.

Alma viene corriendo hasta mí con su preciosa sonrisa dibujada en el rostro, Aunque para mi gusto demasiado maquillada, eso es cosa de mi hermana, que desde pequeña se piensa que mi hija es su muñeca para hacerle lo que le venga en gana.

—Mami, buenos días —me fundo con ella en un abrazo interminable—. Pero que guapa te has puesto ¿no? —Se separa para mirarme detenidamente—. Ese vestido me lo tienes que dejar, algún día.

—Buenos días, princesa. Tú sí que estás guapa. Aunque demasiado maquillaje para mi gusto. —Intento difuminar el colorete de sus pómulos mientras ella reniega.

—Buenos días, hermanita. Déjale, está preciosa. Hemos probado el *contouring*.

Y ante sus miradas de felicidad absoluta. ¿Qué voy a hacer yo? Decirles lo bien que les ha quedado y lo guapas que están.

—Anda, *ámonos*, que los enamorados tienen que estar de los nervios porque no hayamos llegado aún.

Durante el corto trayecto desde casa de Azahara hasta la de mis padres, me cuentan lo bien que lo han pasado viendo películas, haciendo bailes y comiendo guarradas. Después llega el turno de que les cuente mi noche pasada. Obviamente, me reservo los detalles de haberme comido el morro con dos chulazos, que volví sin bragas y me bebí hasta el agua de los floreros... Soy una madre super responsable ¿verdad? Pero, no me juzgues que sigo siendo mujer y soy joven, una noche al mes de escaqueo está permitida ¿o no?

—Mamá, yo quiero ir a Antique. Dicen que es lo más, de lo más —añade Alma soñadora. —Mis amigas ya van porque conocen a un portero que las deja pasar. ¿Me dejarás ir cuando cumpla los 17 verdad?

—Alma, ya tendrás tiempo para salir y entrar cuando tengas 18. No quieras correr tanto, por favor.

Me quejo yo, sin apartar la vista de la carretera. Como respuesta un bufido de desaprobación por parte de mi hija y una mirada mía de *mejor tú te callas* a mi hermana antes de que abra la boca para ganarse la medalla de oro a la tía del año. Qué lo es, sí, pero ahora no hace falta que lo demuestre.

Llegamos a la urbanización privada donde se encuentra la casa de mis padres, en Aljarafe de Sevilla. Saludamos al hombre mayor que se encarga de la vigilancia en su garita de seguridad, nos conoce de toda la vida y tras devolvernos el saludo y decirnos lo mayores que estamos recordando alguna travesura de las nuestras, nos despide deseándonos un buen día.

Nos adentramos en una de las zonas más elitistas de Sevilla. Un entorno seguro en el que se respira un ambiente familiar y tranquilo, con un club social privado donde relacionarse con los vecinos.

Me detengo frente a mi casa de infancia esperando a que las vallas se abran tras presionar el mando que tengo instalado en mi coche. Aparco junto al coche de mis padres y el de Sergio. Y entramos en casa por la puerta del garaje, situado en el sótano, subimos el tramo de escaleras que dan directamente al interior.

La casa es una preciosidad, no te lo voy a negar, una construcción clásica a la que nada más entrar en ella te llama la atención el original uso que se hace de los volúmenes, jugando con la disposición de las estancias entre las plantas y las entreplantas.

En la planta baja la entrada, un gran salón, el comedor un poco más elevado, la cocina y dos dormitorios con baño, esos son para los invitados. En las plantas superiores se distribuyen el resto de los dormitorios, seis más, que hacen un total de ocho dormitorios y cinco baños. La última entreplanta dedicada a un gran despacho, el de mi padre, y a la terraza superior.

Como comprenderás esto no se limpia solo, siempre hemos contado con personal de servicio para que se encarguen de ello. El problema es que mi madre, desconfiada como ella sola, nunca nos permitía tomarnos demasiada confianza con ellos ya que cambiaba a menudo de personal, pese a la disconformidad del resto de la familia. Ella es la dueña y señora de todo esto, y pobre del que diga lo contrario.

Hablando de la reina de Roma, por aquí asoma. Ella tan esbelta y tan bien conservada para sus sesenta y cinco años, gracias a su genética y como no, a las manos de su médico estético de confianza. Porque sí, mi madre está a la última en todo lo que sean infiltraciones y tratamientos para mantener su eterna juventud y ¡bravo por ella! No te vayas a pensar que estoy en contra de los retoques, yo también lo haré cuando llegue el momento. Cada uno con su dinero y su cuerpo hace lo que le viene en gana.

—Mis chicas preciosas, qué ganas tenía de achucharos —se acerca a nosotras con los brazos extendidos para abrazarnos una a una y llenarnos de besos.

—Abuela, si estuvimos aquí le miércoles comiendo.

Dice Alma riéndose, pero dejándose querer sin ningún reparo por su querida abuela.

—Demasiado tiempo, ha pasado... —se queda pensativa— tres días, ni más ni menos. Quizás tienes razón, con los años me he vuelto más blanda.

—Anda, mamá. Tú has sido siempre una blanda, aunque lo hayas disimulado muy bien todos estos años. —Azahara le devuelve gustosa los besos.

—¿Mamá? ¡Qué dices! ¿En serio? Permíteme dudarlo —le sonrío y le doy un fuerte abrazo, dejándome arropar por su cuerpo menudo

—Feliz aniversario, estás radiante.

—¿Dónde está el tío Sergio? —Alma está emocionada por tener de vuelta a su tío, aunque solo sea por esta semana.

—Estoy aquí, princesa. Ven que te coma a besos ahora mismo.

Mi hermano aparece vestido con unos vaqueros negros estrechos con los bajos metidos en unas botas marrones tipo Camper, sin llegar a anudar, una camisa blanca por fuera y su bronceado perenne que hace resaltar sus ojos color miel con su incipiente barba de varios días bien recortada y arreglada. Guapo como él solo, informal pero elegante, como siempre. Sin duda Barcelona le está sentando de maravilla.

Alma corre al encuentro de su tío y se funden en un abrazo, mi hermano la levanta en brazos. Tras unos largos segundos abrazados decide soltarla y la mira de arriba abajo detenidamente.

—¿En qué momento te has convertido en una mujerona, me lo explicas?

Alma se luce orgullosa frente a su tío, que parece no estar demasiado contento con la mujer que tiene frente a sus ojos.

—Hermanita, nuestra niña es un caramelito para cualquier depravado. O la atas en corto o le corto las manos a quién se acerque a ella.

Intenta parecer que está de broma, pero yo sé a ciencia cierta que es totalmente verídico, sino que le pregunten a Toño y a los novios que Azahara ha tenido... Pobrecitos, se las han visto y deseado con nuestro hermano mayor.

—Todo controlado, señor —le guiño un ojo a Alma, como señal de complicidad. Su tío para ella es la figura paterna y más respetable que tiene en la vida, y todo lo que Sergio diga, va a misa—. Anda, ahora me toca a mí. Qué me pongo celosa. ¿Dónde está mi abrazo?

—Para ti. Tengo millones de achuchones y besos, hermanita. —Y no miente, los abrazos entre sus fuertes brazos y su altura me llenan de energía, siempre.

Preguntamos por nuestro padre y Sergio nos informa de que está en el despacho con llamadas de negocios, por lo que no insistimos más. Si algo tenemos claro es que en el despacho de papá no se entra cuando la puerta está cerrada y atiende llamadas. Hay cosas que nunca cambiaran.

Los invitados van llegando y la familia al completo, mi padre incluido, después de terminar sus quehaceres de empresario, vamos saludando con una gran sonrisa a cada uno de ellos.

—Necesito escaquearme un rato, si alguien más me vuelve a preguntar por mi vida en Triana o por la universidad a la que irá Alma, creo que vuelvo a fumar hoy mismo.

—Tranquila, yo te cubro. Me pido relevo en menos de quince minutos —me dice Azahara con su sonrisa angelical.

—Por supuesto, voy a la cocina. Necesito agua. La resaca me está matando.

Desaparezco, sin ser vista, del salón donde ya hay un número considerable de personas y me voy sin mirar atrás directa a la cocina. Un gran número de empleados contratados para servir el catering en el jardín trabajan a contrarreloj para tenerlo todo a punto. Me acerco a la gran nevera de dos puertas alegando que solo necesito agua y puedo servírmela yo misma, para no entorpecer el trabajo de esas buenas personas.

Después de un gran vaso de agua fría, salgo por la puerta de la cocina hasta la gran terraza que da al exterior y desde donde se puede ver el perfecto montaje de la carpa que han instalado en el jardín trasero, decorado con todo lujo de detalles para más de cincuenta personas. Sí, has leído bien, mis padres cuando celebran algo, lo hacen sin reparar en gastos.

Recuerdo con nostalgia lo felices que hemos crecido entre esta nube mis hermanos y yo, sin preocupaciones, sin miedos, con todo lo que un niño pueda desear. Pero también con la ausencia de nuestros padres en demasiadas ocasiones especiales, ya sea por viajes o bien por fiestas de compromiso.

Por eso yo no quise criar así a Alma, no negaré lo feliz que he sido, pero quizás si me hubieran dejado ver la vida real antes, no me hubiera llevado tantos palos en mi vida.

Me recompongo y me adentro de nuevo en la cocina al ver que todos van saliendo al jardín para empezar a tomar asiento. Al pasar de nuevo por el gran salón, la boca se me seca de nuevo al instante.

8

Frente a mí se encuentra él; con traje de chaqueta en color gris marengo sobre una camisa blanca con los dos botones superiores sin abrochar. Su pelo castaño perlado con alguna que otra cana bien peinado hacía atrás, esos ojos grisáceos, tan alto, tan fuerte y bien afeitado. Guapo hasta decir basta. Atractivo hasta ahogarte. Follable hasta morirte... Madre del amor hermoso, no me jodas, Álvaro. Qué calor tan horroroso tengo ahora mismo.

Retrocedo mis pasos, andando hacía atrás como un cangrejo, intentando no ser vista. Ya que por suerte (o por desgracia) Álvaro y mi padre están sumergidos en una conversación, a mi parecer, demasiado seria e importante como para que ninguno de los dos, se percaten de mi presencia.

Pero como bien podéis deducir, el universo una vez más confabula en mi contra, con tan mala suerte de que en mi intento de huida tropiezo con uno de los camareros y la que se lía es monumental.

Las copas que este portaba en la bandeja estallan contra el suelo de granito haciéndose mil añicos y yo me disculpo una y otra vez con el pobre chico que me mira avergonzado y con miedo a ser despedido.

Mi padre y Álvaro vienen corriendo al verme recoger los restos de cristal del suelo. Pillada.

—Rocío, ¿estás bien? ¿Te has cortado? —pregunta mi padre con la voz teñida de preocupación.

—No, papá. No me he cortado, estoy bien.

Álvaro permanece serio e impasible frente a mí con todo su esplendor y su altura, me siento pequeña arrodillada en el suelo mirando hacia arriba, intentado sonreír presa de los nervios.

Me incorporo disculpándome una vez más con el pobre chico que desaparece rápidamente para ir a por los utensilios necesarios para recoger el estropicio que yo solita he armado.

—Vamos, hija. Ya está todo el mundo esperando —me dice mi padre—. Álvaro, después seguimos con la conversación. Vamos a comer.

—De acuerdo, Rafael.

Mi padre se adelanta dejándonos solos unos pasos detrás de él.

—Hola Álvaro. ¿Todo bien? —Ya que él no tiene la decencia de saludarme siquiera, ya lo hago yo.

—Hola, Rocío. Todo bien, gracias. —Parece que no tiene ganas de hablar demasiado, pero yo no me rindo.

—Anoche parecía que algo no andaba demasiado bien —me atrevo a decir, solo por intentar mantener una conversación.

—En cambio, para ti, parece que la noche te salió redonda. —Ahora sí que me mira directamente a los ojos.

Vale, tiene razón no estuvo bien besarse en la misma noche a él y con su primo, pero tampoco tengo nada con él como para que se haga el ofendido. Somos adultos, ¿no?

—No te creas, podría haber sido mucho mejor. —Para listo él, lista yo.

Le dejo con un amago de sonrisa que intenta disimular y llego a mi mesa contoneándome a posta, consciente de que no deja de mirarme. Noto como su mirada me escruta, puedo sentir como sus ojos atraviesan la fina tela de mi vestido, no me preguntes como, pero lo sé.

Tomo asiento entre mis dos hermanos, en la mesa presidencial donde ya están todos colocados y sonrientes charlando entre ellos.

—Has tardado demasiado, me debes una muy gorda —me dice en voz baja mi hermana.

—Calla, que la he liado parda. Me he tropezado con un camarero en el salón y he tirado todas las copas que llevaba en la bandeja. Un desastre, el pobre no sabía dónde meterse —confieso avergonzada.

—Madre mía, Ro. Tú siempre tan patosa —se burla de mi Azahara.

—No cuchicheéis sin mí. —Alma sentada al otro lado de mi hermana, quiere enterarse de lo que hablamos.

—Tu querida madre, que casi hace que despidan a un pobre camarero.

—Ay, de verdad. Dejar de meteros conmigo sois unas brujas —me quejo haciéndome la ofendida.

Las dos ríen disimuladamente y siguen a lo suyo, por lo que yo decido hablar con Sergio y pasar de ellas. No sé quién es más niña de las dos, de verdad.

—¿Cómo va todo por Barcelona?

—Muy bien, la verdad. La empresa sigue creciendo y tengo mucho trabajo.

Mi hermano está orgulloso de todo lo que ha conseguido para la empresa familiar y yo me alegro muchísimo por él. Es un currante nato.

—Y el taller, ¿cómo va? ¿Cuándo voy a poder ver a mi hermana con sus diseños en SIMOF?

—Espero que pronto —le sonrío—. No puedo quejarme Yeray y yo trabajamos duro para levantar el negocio y somos un buen equipo.

—Siempre me ha caído bien Yeray. Me alegro por vosotros —lo dice sinceramente. El aprecio que siente por mi socio es real, aunque Yeray sueñe con ganarse otro tipo de aprecio, más carnal, por parte de mi hermano. Es verle y salivar, no tiene remedio—. ¿Y Alma? ¿Cómo se porta?

—Bueno, tenemos nuestros días, ya sabes cómo son las adolescentes. Pero no me quejo es muy buena chica y estoy orgullosa de ella. Quiere dedicarse al baile profesional y de ahí no la sacas... La vida del artista no es fácil, pero es su elección y pienso apoyarla hasta el final.

—¿A quién habrá salido? Tengo un vago recuerdo de una Rocío que nos las hizo pasar canutas a todos... —bromea consciente de que Alma es igual que yo, quizás más de lo que me gustaría a mí.

—Tampoco fue para tanto. —Pongo los ojos en blanco—. Aunque mamá casi muere de un infarto de miocardio en aquella época.

—Lo que cuenta, al final de todo, es que trajiste la alegría y la ilusión a esta familia con la llegada al mundo de nuestra princesa.

Y yo me emociono, no lo puedo evitar.

Cojo su mano entre las mías y la aprieto cariñosamente como muestra de agradecimiento por haber estado siempre cuidando de nosotras. Sin él no hubiera salido adelante tras la detención de Toño.

Yo sola con una niña de ocho años, una depresión monumental que durante demasiados días me impidió salir de la cama y con unos pagos imposibles de afrontar sin ayuda... la suya y la de mis padres, por supuesto. Nunca más se habló del tema, solo acudieron al rescate, me cuidaron con mucho amor estando a mi lado y me levantaron entre todos. Sin reproches, sin "se veía venir" o "te lo dijimos" y sin esperar nada a cambio como se hace en las buenas familias acudiendo al rescate cuando es necesario. Y yo desde entonces dejé de ser la oveja negra y rebelde para volver a ser parte de ella, me dejé cuidar, aconsejar y ayudar de nuevo agradeciéndoles siempre que fueran mis pilares de nuevo.

Los camareros comienzan a llegar con los platos de comida, entre risas y brindis por los tortolitos comemos siendo todos espectadores del amor tan grande que hay entre mis padres. Y no puede ser de otra manera, ya me dirás después de: tres hijos, una nieta y cuarenta años de casados. Siguen igual o más unidos, incluso, que el primer día.

Nos ponemos las botas con el delicioso catering acompañado del mejor vino que puedas imaginar, hasta que llega el momento del baile. Pero antes de ello el discurso de mi padre, declarando el profundo amor que siente por su esposa, mi madre, y lo agradecido que está a la vida y a ella por los hijos que le ha dado y como no por la alegría de sus ojos, según él mismo dice: su nieta Alma.

Concluye su discurso con una reflexión que me hace mella en el corazón profundamente:

«Hay palabras que no deben pronunciarse, hay sentimientos que deben ser vividos y hay fracasos que valen la pena. Por eso siempre intento, aunque a veces me lo pongas difícil, mujer... Decirte con palabras los sentimientos verdaderos que has creado en mí sin importarte todos los fracasos que he tenido, porque contigo siempre valió y valdrá la pena. Gracias, mi amor.»

Los aplausos y las ovaciones de todos los presentes le hacen sentarse de nuevo, está feliz y orgulloso. Aunque para orgullo el nuestro, el de sus hijos que nos emocionamos sin poder dejar de mirarlos con el corazón encogido de tanto amor que desprenden.

En un momento los empleados han desmontado todo el tinglado dejando espacio para que la gente pueda bailar en el centro de la gran carpa, decorada con guirnaldas y farolillos iluminados que cuando empieza a anochecer crean un ambiente acogedor y mágico al iluminarse.

Yo sigo con mi juego de miradas con Álvaro, disimuladamente no puedo apartar la vista de su cuerpo y cuando yo no estoy mirando él hace lo mismo conmigo. Demasiada tensión sexual no resuelta en el ambiente y como no podía ser de otra manera, la viva de Azahara no tarda en hacerme saber que se está dando cuenta de todo. Qué lista es la tía.

—¿Por qué no vas a hablar con él de una vez por todas? —me dice mientras esperamos en la barra de bar, montada a un lado del jardín, a que nos sirvan nuestras copas.

—No sé de qué me hablas. —Intento disimular.

—No te hagas la tonta conmigo. Te hablo de Álvaro de las Heras, llevo todo el día mirando como os coméis con los ojos, mutuamente. No entiendo porque ninguno de los dos ha dado el paso ya.

—Tú no pierdes detalle, hermanita. Es demasiado complicado, digamos que anoche me lo encontré y la cosa se puso tensa. No creo que quiera volver a acercarse a mí, después de todo.

Maldita sea mi lengua que se me ha soltado demasiado y ahora me toca explicarle a mi hermana pequeña lo que su hermana ha liado.

—Ya estás tardando en ponerme al día. Vamos, coge la copa. Tú y yo vamos a mi habitación ahora mismo y me lo explicas todo.

—¿En serio? ¿Ahora? Azahara, por favor. No tengo ganas de hablar de ello.

Pero ella hace oídos sordos a mi suplica y me arrastra del brazo en dirección al interior de la casa, por suerte, mis padres nos interceptan a medio camino de la huida.

—Rocío, cariño, te estábamos buscando. —Salvada por la campana, o mejor dicho por mis padres que a simple vista están más contentillos de lo normal. Canta para nosotros, por favor.

—Hace mucho que no lo hago, mamá. Me muero de vergüenza —me quejo, aunque termino claudicando y me animo—. Pero es vuestro día y no puedo negarme, voy a buscar a Alma para que baile.

—Ay, eso sería maravilloso. Voy a avisar a la banda para que se preparen. Qué ilusión más grande, hija mía. —Mi madre me abraza y me planta un sonoro beso en la frente.

—Hermanita, prometo contártelo todo, pero tendrás que esperar —le digo a mi hermana, que parece conformarse con tal de ver el espectáculo.

Atravieso el jardín colándome entre los presentes, buscando con la mirada a Alma, pero ni rastro de ella. Me acerco a Sergio y le pregunto si la ha visto y me dice que está en la zona de las hamacas de la piscina. Me encamino por el camino de piedrecitas hasta allí y la veo hablando con un chico joven y guapísimo, quizás un poco más mayor que ella, ríen abiertamente y parecen muy relajados. No me suena de nada la cara del susodicho, pero a simple vista parece formal y buena persona, mejor que el tal Luis ese, seguro.

—Alma, cariño —la llamo a un par de pasos de ellos—. Te estaba buscando.

—Mamá, él es Isaac. Ella es mi madre, Rocío. —El apuesto joven se levanta y se acerca a mí tímidamente.

—Encantado, señora. —Me dice mientras estira su mano para apretar la mía a modo de saludo.

—Vaya, mal vamos si me llamas señora, me hace parecer mucho más mayor —le sonrió abiertamente mientras acepto y devuelvo el saludo. —Encantada, Isaac. Espero que lo pases bien.

—Lo siento, no quería decir que usted sea mayor —se disculpa nervioso—. Sí, lo estoy pasando genial. Gracias.

—No te preocupes. Mi madre es así de bromista. No le hagas caso. —Aparece Alma escrutándome con la mirada y moviendo los brazos exageradamente. Vaya este chico le gusta y se ha puesto tontita.– ¿Para qué me buscabas?

—Eso es verdad, soy muy bromista —me rio junto a ellos— .Tus abuelos quieren que cante y necesito que bailes, por favor. Sin ti no lo haré.

—Ay, mamá. Que morro tienes, quieres cantar a escondidas para que sea yo la que me luzca y así tú pasar desapercibida. ¿Me equivoco?

—Exactamente, yo no lo habría explicado mejor. Porfa, porfa... —me pongo en modo infantil juntando las manos a modo de favor.

—Vale, de acuerdo. ¿Qué tienes pensado cantar? —Así es ella, cuando se trata de armar fiesta flamenca, se apunta sin pensarlo dos veces.

—¿Qué te parece *La duda* de *Lin Cortes*?

Sé que le encanta esa canción y además lo borda cuando la baila después de tanto tiempo ensayando para la gran actuación que tiene junto al artista.

—Me muero… —grita emocionada. Lo sabía—. Vamos, me encanta.

—Yo no me lo pierdo —dice con cara de bobo mirando a mi hija el tal Isaac—. Yo toco el cajón muy bien, puedo acompañaros, si queréis.

—Por supuesto. Vámonos entonces. Vamos a alegrar esta fiesta. —Los animo, ya me ha ganado. Este chico es un encanto.

Regresamos por el camino hasta la fiesta y parece que todos nos esperan ya, no pasa desapercibida para mí la mirada que Álvaro me dedica, sin disimular una sonrisa traviesa y seductora. Este hombre me vuelve loca, quien lo entienda que lo compre, de verdad. A ratos parece que quiera asesinarme y otros, como ahora, todo lo contrario.

En fin, yo a lo mío. Le doy un largo trago a mi copa hasta vaciarla y tomo asiento en el centro de la banda flamenca con el guitarrista a un lado e Isaac sentado sobre un cajón flamenco al otro, le digo en voz baja al resto la canción que vamos a cantar y Alma se prepara

ÁLVARO

Llevo rato sin ver a Rocío no puedo evitarlo. Mis ojos la buscan, inconscientemente, a cada minuto y, parece que a ella le pasa lo mismo porque desde ese encuentro, raro de narices, que hemos tenido antes de la comida, no hemos podido dejar de buscarnos.

No entiendo el motivo de porque no me rindo con esta mujer, cuando mi subconsciente me alerta con señales luminosas y de humo para que me aleje de ella.

Desde hace siete años… Desde ese maldito día, sueño con ella casi a diario. El muy desgraciado de su "marido" el padre de Alma, las dejó desamparadas, indefensas y solas. Vale, tienen más familia, pero no es lo mismo, ya me entiendes.

Jamás olvidaré ese grito desgarrador que salió de sus entrañas cuando se llevaban al maleante ese y lo que más me destrozó fue el llanto de su hija, pero ¿qué hijo de mala madre sería capaz de algo así? Si con esa preciosa familia ya lo tenía todo. El hombre es un ser avaricioso por naturaleza, desde pequeño siempre me lo repetía mi padre.

Yo fui espectador de lo que pasó esa noche, de hecho, conseguí sacarla en brazos cuando se desmayó ante el espectáculo que se protagonizó, ya que su hermano estaba tan estupefacto como el resto de la familia. Durante meses intenté acercarme a ella, darle apoyo, que hablara conmigo, que no se sintiera sola. Y lo conseguí, aunque fuera a través de un teléfono, juro que estaba dispuesto a esperar a que estuviera preparada para que me diera la oportunidad de demostrarle que podía volver a ser feliz junto a un hombre, que yo las protegería a ella y la pequeña Alma. Pero todo se torció y yo sencillamente abandoné la insistencia. Dejé de llamarla y desaparecí, fue por motivos familiares y no podía tener distracciones de ningún tipo tenía que salvar a mi familia.

Como te iba diciendo, he soñado con ella durante estos siete años, no es que esté obsesionado... para nada. Tampoco he hecho voto de castidad, ya que mujeres no me faltan y para lo que yo las quiero, me sirve. El trato es fácil nada de muestras de cariño en público, nada de romanticismos ni cursiladas, quedamos para lo que tenemos que quedar y punto final. Y así me ha ido bien, puedo tener la cabeza en mis negocios y no he tenido puntos débiles frente a mis enemigos.

Pero anoche todo se fue a la mierda. Primero porque volví a verla, me impactó muchísimo. No esperaba encontrarla en mi nueva discoteca y menos aún. Después, en mi despacho y acompañada de mi primo, Manuel. Yo no sabía que era ella la que estaba dentro de mi baño personal. Jodido destino, una vez más. Parece que lo nuestro está abocado a irse por el retrete, sino que señal me está mandando el Universo para que cada vez que tengamos una conversación (desde que somos los dos adultos) sea en el mismo ambiente. Surrealista todo, ya lo sé.

Me volví loco. Creo que lo resolví en el mismo momento en el que cruzó la puerta de mi baño privado y me observó con esos ojos ávidos, porque así sentí que me observaba, con curiosidad y ganas; y yo respondí de la misma forma. Es algo bastante raro esto. Me supe contener lo justo y necesario para no enredar los dedos entre su pelo y follármela en esa mesa nueva que pide a gritos ser estrenada, me desarmó besándome y no pude reprimir más las ganas de por fin hacerla mía. Más madura, más mujer y mucho más jodidamente sexy con los años. De niña ya me llamaba la atención, pero era una cría y yo un engreído que solo pretendía hacerla rabiar y enfadar cada vez que tenía ocasión. Ahora se ha convertido en una bomba de relojería y yo estoy dispuesto a hacerla estallar de placer entre mis manos.

Pero una vez más, de nuevo. Ella se resistió y me abandonó. Me quedé con un recuerdo muy personal de ella en el bolsillo de mi americana y no te negaré que he fantaseado toda la mañana con ella gracias a esa minúscula prenda que guardo en mi americana.

La noche fue un desastre, y no por ella, que también. Una llamada me arruinó la fiesta, mi última negociación está en la mierda y yo sin saber que otra vez estaba metido en el mundo que abandoné después de conseguir el capital para que todo marchara de nuevo en los negocios familiares.

Abandoné la fiesta apresuradamente para hacerme cargo en persona de todo y ¿cómo no? necesitaba a Manuel a mi lado. Y ¿Dónde cojones estaba el cabrón de mi primo? Intentado de nuevo seducir a Rocío. La ira se apoderó de mi cuerpo cuando fui espectador del acercamiento de ellos dos. Hacía unas horas estaba a punto de tenerla por fin entre mis brazos y ahora estaba con mi primo a punto de besarse. Por suerte, mantuve la calma y mi mente fría se centró en lo realmente importante. Solucionar el problema que teníamos encima.

Parece que la cosa está solucionada, de momento. La noche en vela ha servido de algo. Y sin poder dormir apenas he tenido que venir al aniversario de Rafael Montes, padre de Rocío, todo sea dicho de paso. Mi padre y mi hermano pequeño Isaac me acompañan, como buenos amigos no podíamos rechazar la invitación.

Rafael para mí es un amigo leal, una persona que ha estado apoyando a mi familia en los momentos pésimos y por eso no puedo dejar que se vea sumergido en este caos en el que Manuel me ha metido. Ahora es momento de permanecer unidos y sin mentiras.

Estaba explicándole a Rafael todo lo que debe saber para que no se vea involucrado en este sucio negocio, pero de nuevo Rocío ha hecho su aparición estelar chocando con un camarero y distrayéndome de mi propósito. ¿Cómo puede alguien ser tan patosa? Y no lo digo yo solo, que ella misma lo reconoce y he sido testigo de que es verídico.

Y aquí estoy ahora admirándola como un bobo sin poder evitar la atracción que siento por ella mientras canta con esa dulce voz y un arte que te hace quedarte sin palabras con ese desgarro en su garganta. Parece que está chica es una caja de sorpresas, pero qué manera de cantar más perfecta y a la vez delicada, es impresionante.

Por no decir que mi hermano, está junto a ella y su hija formando parte del cuadro flamenco improvisado que han armado. Parece que la cosa se pone interesante por momentos, esto va a ser divertido. Apuesto uno de mis coches de alta gama a que no sabe que es mi hermano pequeño.

Cuando la actuación por fin termina, entre aplausos y la euforia desatada de los presentes, observo como ella saluda tímida y se reúne de nuevo con sus padres, sin duda están orgullosos de ella y de Alma.

Ojalá, mi madre viviera para poder verla junto a sus nietos, si es que alguna vez tengo hijos... sería tan feliz. Todos seríamos mucho más felices si la vida no nos la hubiera arrebatado de una forma tan repentina hace ya seis años.

Yo no hubiera tenido que hacerme cargo de los negocios familiares, mi padre no se hubiera hundido en esa maldita depresión profunda que motivó el hecho de que casi nos viésemos en la bancarrota y mis hermanos hubieran crecido más felices y sin tantos dolores de cabeza. Yo he intentado hacerlo de la mejor manera posible, pero el camino fácil para hacer dinero me pudo en su día.

No estoy orgulloso de lo que voy a decir, pero volvería a hacerlo de nuevo, si gracias a ello, podemos vivir tranquilos y sin cartas de desahucio por las facturas impagadas.

Aquello quedó atrás, ahora todo va sobre ruedas. O eso pensaba yo hasta anoche... Pero todo se solucionará una vez más y podré por fin alejarme de toda la mierda que trae consigo traficar con drogas.

Esta vez parece que Manuel ha tenido la culpa en todo lo acontecido, pero es mi familia, mis padres lo criaron como a un hijo más desde bien pequeño y yo no pienso dejarlo tirado por más ganas que tenga de darle un buen escarmiento por confiado y creerse un narco sin saber dónde se está metiendo y a quien arrastra con sus malas decisiones.

Pero esta noche es el aniversario de Rafael, y no pienso nublarle esa felicidad que desprenden sus ojos. Las confesiones pueden esperar, no pienso arruinar la noche de los casados. Yo me haré cargo de todo, una vez más.

—Álvaro. —Mi hermano Isaac me llama y toca mi brazo, parece que lleva un rato intentado llamar mi atención y yo no me he dado cuenta—. ¿Me escuchas? Qué te preguntaba si me habías visto. Me he salido con la actuación improvisada

—Sí, enano. Claro que te he visto. Has estado impresionante. Pero dime, ¿cómo has acabado ahí?

—Creo que me he enamorado, hermano —dice con los ojos llenos de ilusión y yo me temo lo peor. Por favor que no sea de

Alma—. Se llama Alma y es la nieta de los Montes. Ven, que quiero que la conozcas, ella y su madre son la ostia.

—¿No me digas? —Ha sonado demasiado falso, lo reconozco. Hasta el inocente de mi hermano me mira con cara extraña.

—Perdona, Isaac. En otro momento, ahora tengo que ir a hacer unas llamadas.

—Ni siquiera hoy puedes dejar de estar enganchado al teléfono, Álvaro. Relájate un poco, por un día. No se va a parar el mundo porque delegues un poco.

Y tiene razón, lo sé. Mis negocios me absorben la mayoría del tiempo. Me he perdido demasiadas cosas por el bien familiar pero no lo puedo evitar, intento abarcar demasiado y solo delego en Manuel, y así me ha salido la jugada. Para un asunto que dejó en sus manos y me sale mal la cosa. La decepción en el rostro de Isaac me dice que frene y que disfrute de esta tarde.

—Vale, tienes razón. Solo una llamada y te juro que lo apago hasta mañana. —Palmeo su espalda y me alejo para hacerla.

—Eso no te lo crees tú ni harto de vino.

Escucho gritar a Isaac a mi espalda, pero hoy voy a cumplir con mi palabra. Porque se merece una buena juerga con su hermano mayor y porque yo necesito desconectar también de tanta responsabilidad.

Finalizo mi llamada con Manuel y le aviso de que el resto de día no estaré operativo. Hasta él se sorprende, pero lo entiende y aplaude mi decisión. Otro que piensa que no sé divertirme ni dejar por una noche de ser el tipo duro y más frío en los negocios de Andalucía. Pues que se preparen que, aunque no haya descansado, hoy estoy dispuesto a todo. Y primero empezaremos por Rocío, me voy a divertir de lo lindo al ver la cara que se le queda cuando sepa quién (tiene todas las papeletas) de ser su futuro yerno.

10

—Pero que bien lo han hecho mis chicas, gracias.

Mi madre se limpia las lágrimas de emoción que recorren su rostro mientras nos abraza simultáneamente a Alma y a mí.

—De nada, mamá. Considéralo un super regalo de aniversario. Hacía años que no cantaba delante de nadie que no sea mi familia o amigos más cercanos —le confieso aun avergonzada.

—Pues deberías hacerlo más porque, hija mía, que voz más maravillosa tienes. —Mi padre es ahora el que me alaga orgulloso—. Mi niña, me dejas sin palabras con cada uno de tus movimientos de baile. Vas a ser la mejor bailaora de todo el mundo.

—Abuelo, no exageres. ¡Qué más quisiera yo! Pero gracias, igualmente. Ya sabes que vivo para bailar, soy feliz con ello.

Alma no dice ninguna mentira, no conozco a nadie (ni siquiera yo misma, que eso ya es difícil) que le ponga más ganas y empeño a algo para forjarse su futuro en lo que más adora.

—Tu abuelo tiene razón, cariño mío. Vas a llegar muy lejos con el baile.

Y eso sí que no me lo esperaba, que mi madre diga eso… Con lo que ella es para convencerte de que una buena y carísima carrera universitaria es lo que alguien necesita para ser algo en la vida, se me hace rarísimo, pero reconozco que me gusta. Porque el sueño de Alma es ese y yo pienso apoyarla para que luche por él y si mis padres me ayudan en vez de ponerme piedras en el camino, mucho mejor. Para que mentir.

Seguimos hablando y riendo junto a mis hermanos, mientras la música no para de sonar. La fiesta está siendo todo un éxito y los invitados lo están pasando en grande, por lo que decido acercarme a la barra para pedir algo de beber, que con tanto cante y emoción se me ha quedado la garganta más seca que un piojo en una peluca.

—Eres una caja de sorpresa.

La voz grave y seductora de Álvaro hace que un escalofrío me recorra entera.

—Felicidades. Sin duda, mi compadre *Lin Cortés*, estaría encantado de verte cantarla con ese toque tan especial que le has dado.

—Gracias —le digo sin girarme mientras sonrío—. Ya me ha visto cantarla en varias ocasiones, te recuerdo que vivo en Triana y que allí le damos al cante muy a menudo. Alma y su cuadro de baile serán las teloneras en su próximo concierto y yo me encargo de los diseños de los trajes que lucirán. —Toma esa, engreído.

Ahora sí que quiero verle la cara de pasmado que se le queda, recojo mi copa agradeciendo con un gesto al camarero y me giro apoyando los codos y mi espalda en la barra.

—Me dejas sin palabras. Enhorabuena. Seguro que harás un gran trabajo. —Parece sincero pero su mirada me reta—. ¿Cómo terminaste la noche, por cierto? Tengo algo que te pertenece.

Me atraganto mientras bebo y comienzo a toser de forma compulsiva. Cuando por fin consigo dejar de hacerlo, le miro furiosa y voy a decir algo... me lo pienso mejor por respeto a mis padres y mi hija, porque no quiero dar de que hablar.

—¿Sabes? Puedes hacer con ellas lo que quieras, no las necesito. He descubierto que se vive mejor sin ropa interior por la vida. Te lo aconsejo —le guiño un ojo y decido regresar con mi familia.

—Espera Rocío —me detiene sujetándome con una mano el codo

—¿No crees que deberíamos hablar como personas civilizadas y adultas?

—Vaya, pero si has dicho por fin algo coherente. Pues sí, tienes razón deberíamos hablar, pero hoy no me apetece —le reto con la mirada, aunque por dentro me muero por preguntarle mil cosas, no pienso dar mi brazo a torcer a la primera de cambio.

—Puedo llamarte, déjame invitarte a cenar. Me lo debes desde hace... —me desarma con esa sonrisa que tan pocas veces permite que se dibuje en su rostro. Como puede ser alguien tan perfecto, Dios... —Siete años. Juro que no me quedaré con nada tuyo que tú no quieras.

Los dos nos reímos ante el comentario, tengo que reconocer que tiene su gracia. Y sin pensarlo dos veces, asiento con la cabeza sin dejar de mirar la profundidad de sus ojos tan claros.

—Está bien. Te advierto que soy de buen comer, elige bien el sitio y no me dejes pasar hambre. —Eso ha sonado fatal, lo reconozco. Pero de verdad que no iba con segundas intenciones, ¿o sí?

—Prometo dejarte saciada en todos los sentidos.

Pues él tampoco lo arregla demasiado que digamos... Vaya dos bombas de relojería, a ver que sale de esa cita. Por suerte un hombre que debe rondar la edad de mi padre y que me resulta bastante familiar, se acerca a nosotros y el tema no va a más.

—Papá, mira, ¿te acuerdas de Rocío? Es la hija de Rafael y Azucena.

Álvaro sonríe a su padre abiertamente y yo hago lo mismo, porque claro que conozco a este hombre. Recuerdo haberle visto en mi casa cuando mi padre y él eran más jóvenes, siempre ha sido muy amable con mi familia. Hacía años que no le veía por aquí, de hecho, no sé porque creía que estaría el pobre en la otra vida ya.

—Rocío, él es José Luis, mi padre.

—Claro que sí, hijo, la recuerdo. Rocío —me da un sentido abrazo y me mira con una dulce mirada que me recuerda muchísimo a mi padre—. Estás preciosa y hecha toda una mujer.

—José Luis, que placer verle de nuevo. Hacía años que no le veía por aquí. ¿Cómo le trata la vida? ¿Y su mujer? Me encantaba jugar con ella a las casitas de muñecas. —Recuerdo alegremente.

—Mi madre murió hace 6 años, Rocío. —El rostro del buen hombre se tiñe de pesar y yo me maldigo mil veces por ser una mete patas ¿Por qué yo no sabía nada de esto? Maldita sea. Álvaro se da cuenta al momento de mi cara de circunstancias y acaricia mi brazo desnudo con ternura—. No te preocupes, ha pasado mucho tiempo.

—Lo siento muchísimo. De verdad. No sabía nada —los miro a ambos avergonzada.

—Tranquila, Rocío, gracias. —Es lo único que ese buen hombre consigue decir.

La mirada que yo recordaba de José Luis estaba repleta de seguridad y fuerza era la de un hombre de familia, lleno de sueños y ambiciones, daba gusto verle junto a su mujer y pese a mi edad temprana sabía reconocer el amor en los ojos de esas dos personas. No me imagino lo que debe de ser pasar el resto de tus días tras la repentina pérdida de la mujer de tu vida. Y un engranaje se activa en mi cabeza, para entender por qué Álvaro dejó de llamar hace justo el tiempo de la pérdida de su madre. Pero ¿cómo nadie me dijo nada?

—Álvaro, me voy a marchar ya a la finca. Estoy realmente cansado.

—Papá, te llevo yo. Dame un segundo.

—No, hijo. Quédate con tu hermano, él nunca sale y os merecéis disfrutar un poco. Yo he llamado a Pepe para que venga con el coche a por mí. Hace rato que salió, debe de estar al caer —se dirige de nuevo hacía mí, y me da dos besos a modo de despedida—. Rocío encantado de volver a verte. Espero verte de nuevo, pronto.

—Igualmente, Don José Luis. Yo también, lo espero.

Me alejo de padre e hijo analizando el palo que la vida les ha dado a esta familia y como Álvaro tiene que haber cambiado en estos años a consecuencia de ello.

—Ro, ¿estás bien? —se interesa Sergio. Iba tan abstraída en mis pensamientos que casi me doy de bruces con el cuerpo de mi hermano—. Ya estás en tus mundos de yuppie.

—Perdona, Sergio. Todo bien, andaba distraída. Una pregunta ¿Tú sabías que la mujer de Jose Luis de las Heras había fallecido? —me intereso.

—Claro que lo sabía, pasó hace años. Te recuerdo que Álvaro y yo hemos sido siempre buenos amigos. Toda la familia fuimos al entierro, fue al poco tiempo de que pasará lo de Toño y bueno, ya sabes… Tú estabas en un momento crítico… ¿Por qué me preguntas eso ahora? —Mi hermano me escruta con su mirada.

—Simplemente, me acabo de enterar y no sabía nada de ello. Aunque claro, ahora que lo dices tienes razón no estaba yo en mis plenas facultades mentales como para tener que recordarlo. —Pienso en como cambiar de tema, rápido. Mi hermano parece seguir queriendo ahondar en el tema de mi repentina curiosidad hacía la familia de las Heras y yo no quiero dar muchas explicaciones del por qué—. Parece que la gente está disfrutando. ¿Has visto la cogorza que llevan papá y mamá?

—No me lo recuerdes. Me he topado con ellos cuando salía del baño y parecían dos quinceañeros dándose el lote contra la pared del pasillo. —Pone cara de asco. Normal que lo haga, menos mal que no he tenido que ver ese espectáculo con mis propios ojos—. Es una imagen que no se ira de mi mente fácilmente.

Los dos estallamos en carcajadas y atraemos la atención de Azahara que se acerca a nosotros.

—Eh, no me dejéis al margen, malas personas. ¿Qué os hace tanta gracia?

—Aquí nuestro hermano ha sido testigo directo de que la pasión sigue muy presente entre nuestros progenitores.

—Cállate, no me digas, Ser. ¿En serio? Qué asco.

—Te lo juro, peque. Los he pillado en pleno momento de pasión contra la pared del pasillo de la planta de arriba. Si llego a tardar un poco más... Mejor no quiero pensarlo. —Sacude la cabeza rápidamente como si así pudiera borrar la imagen de su mente y nosotras no podemos parar de reír—. Por cierto, hablando de quinceañeros, ¿quién es el saco de hormonas con cara de galán que no se despega de Alma?

—Es el hijo de algún amigo de papá. Parece buen niño, no te pongas en modo *hombre de las cavernas* con tu sobrina, por favor. —Sé a lo que me refiero, como os he dicho antes, ese gen de tío mayor protector con su sobrina se le escapa de las manos.

—No se os ocurra dejarla en ridículo, ¿me habéis oído? —Ahora es Azahara la que se ha puesto seria y nos señala con su delgado dedo acusador—. Dejadla en paz, ya no es tan niña.

—A mí no me metas en esto que yo estoy a favor de Isaac —me hago la ofendida ante la acusación de mi hermana—. Además, ni que fueran a casarse, se acaban de conocer. Son amigos.

—Bueno, lo que vosotras digáis, pero les vigilo. —Mi hermano nos guiña un ojo como si estuviera bromeando, aunque los tres bien sabemos que lo dice muy en serio. Se pone en modo formal de nuevo y sigue hablando—. Rocío, ¿cómo va el tema de Toño?

—Parece que en breve comenzará a salir de permiso los fines de semana. —No quiero hablar de este tema, esta noche no.

—No pareces muy feliz por ello. —Sergio no sabe todo lo que implica la salida de Toño, para mí... Nada bueno.

—No me malinterpretes. Estoy feliz por él y por Alma, por fin podrán pasar tiempo juntos fuera de esas deprimentes paredes. Pero, no es la misma persona de la que me enamoré y para mí es un capítulo que me ha costado lágrimas de sangre cerrar —suspiro pensativa—. Después de todo lo que he tenido que sufrir por sus trapicheos de traficante de tres al cuarto, no quiero tener nada más que una relación cordial con él. En cambio, Toño parece que no está dispuesto a asumirlo tan fácilmente.

—Pues o lo entiende por las buenas o lo hará por las malas. Ya se puede concienciar de ello o se las verá conmigo. —

Sergio no disimula la ira que le recorre al pensar que pueda entorpecerme (aún más, si cabe) la vida que tanto me ha costado recuperar. Aunque yo soy la primera que no pienso ceder a sus chantajes sentimentales. Ya no...

—Tranquilo, *miura*. No hace falta que tú hagas nada —le advierto antes de que su mente comience a trazar planes—. Yo sé cuidarme sola, y no olvides que es el padre de Alma.

Azahara no quiere meter baza, pero ella sabe perfectamente como ha cambiado su excuñado. Se ha vuelto egoísta, exigente y manipulador. Los primeros años yo fui una ingenua que le excusé y me dejaba embaucar por él. Quizás me sentía en deuda por ser el padre de Alma y me sentí con el deber de hacerle todos los recados (sin rechistar) que me encargaba desde prisión, pero cuando su dureza y sus exigencias fueron a más decidí cortar por lo sano y mis visitas fueron en decadencia.

Alma se lo tomaba como una aventura, obviamente entre todos le ocultamos la verdad, nos costó mucho trabajo hacerle creer que lo que vivió esa noche era parte de un juego entre compañeros de trabajo. ¡Menuda película nos montamos! Le hicimos creer que su padre estaba trabajando y no podía salir para las fechas importantes. Parece ser que lo quiso entender, se conformó con verle los domingos por la tarde y hablar con él por teléfono casi a diario.

Al cumplir los doce años ya no le hacía tanta gracia que nos desplazásemos hasta allí para verle solo una hora y como mucho. Yo la llevaba, también entraba con ella, pero me mantenía al margen para que ellos hablaran de sus cosas. Hasta que mi hija, que es muy lista, fue siendo consciente de que su padre solo se dedicaba a malmeter en mi contra sin reparos en mi presencia y poco le importaba el hecho de que ella se incomodara por ello. Por ese motivo decidió no volver a verle en persona y ahora solo sabe de él por las llamadas telefónicas que le hace. Yo me mantengo al margen, siempre y cuando, mi niña sea feliz y no sufra por ello.

—Mamá. —Alma reclama mi atención mientras yo sigo razonando con Sergio, no es un hombre que se dé por vencido fácilmente, que tozudo puede llegar a ser. Le pido con la mirada que deje el tema y, a regañadientes, por fin claudica—. Ven un momento, por favor.

—Claro que sí, mi amor.

Sonrío con dulzura a mi pequeña (aunque ya de eso tiene poco) de pequeña, quiero decir porque dulce es un rato largo. Me dejo guiar por ella con nuestras manos entrelazadas.

—¿Dónde me llevas? —pregunto curiosa cuando veo que entramos en casa.

—No me aguanto más, necesitaba ir al baño y está cremallera no se sube sola. —Señala la parte trasera de su precioso vestido y la cremallera que recorre su espalda.

—Por cierto, Ese chico, Isaac, es muy mono, ¿no? —le digo a modo de complicidad.

—Sí, ¿verdad? Es guapísimo y super agradable. Me ha dicho que si podemos quedar mañana por la tarde para ir al cine. ¿Puedo ir verdad?

—Ya veremos... —contesto sonriendo abiertamente mientras ella hace un pequeño puchero sin rechistar—. Qué sí, claro que puedes.

—Ay, mamá —me abraza emocionada—. Muchas gracias, ahora se lo digo.

Después de hablar, de todo un poco, en el baño de mi antigua habitación y retocarnos el maquillaje frente al gran espejo que hay en él, salimos las dos felices y nos dirigimos en dirección al chico que, parece ser, tiene a mi hija con mariposas en el estómago.

—Isaac, mi madre me ha dado permiso para ir contigo mañana al cine —le informa feliz.

—Muchas gracias, Rocío. Yo la recojo y acompaño de vuelta a la hora que tú digas —me tranquiliza educadamente—. Por cierto, os voy a presentar a mi hermano mayor. Por ahí viene.

Y de nuevo, gracias universo. Tú siempre tan gracioso.

11

Mi cara debe de ser ahora mismo un enigma porque me he quedado de piedra al girarme y encontrarme frente a mí con la sonrisa más seductora que, como no podía ser de otra manera, pertenece a Álvaro.

¿En serio? ¿Él es el hermano de Isaac? Deduzco por su manera de mirarme y sonreír abiertamente que lleva rato divirtiéndose con la situación y para qué negarlo, tiene su gracia.

Me llevo la mano a la frente y me rio junto a él ante la cara de no entender nada de los dos jóvenes tortolitos.

—¿Os conocéis? —pregunta Isaac sin entender nada.

—Mamá, ¿me puedes explicar qué tiene tanta gracia? —Alma parece no divertirse demasiado con la situación.

—El mundo es un pañuelo, ¿verdad, Rocío? —Álvaro intenta controlar su risa sin apartar los ojos de mí.

—Parece que sí —contesto yo, cuando por fin cesa mi ataque nervioso de risa—. Perdonad, chicos. Sí, nos conocemos desde hace años.

—Encantada, Álvaro. Yo soy Alma. Disculpa, pero tu cara me resulta familiar. —Alma entrecierra los ojos para intentar recordar de que conoce a Álvaro. Y por fin parece que su mente recuerda—. Tú eras el amigo guapo de la caseta, me acuerdo de ti.

—Estás muy cambiada desde ese día —responde Álvaro con una dulzura en su mirada que nunca había visto antes—. Parece que ese soy yo.

—Bueno eso de guapo, lo podemos dejar en el pasado —ríe ahora Isaac—. Los años le han pasado factura ¿Verdad, Alvarito?

—Enano, no te pases. Él que tuvo, retuvo.

—Vaya, vaya… Guerra de ego entre hermanos. Alma, será mejor que los dejemos a solas o saldremos salpicadas —bromeo ante la situación tan cómica.

Los cuatro pasamos una noche de lo más divertida. Entre risas, bromas y miradas cómplices, bailamos todos los temas con los que la banda contratada para el evento nos deleita. Me encuentro relajada y feliz viendo como Alma presta atención a todo lo que Isaac explica, como Isaac no puede apartar sus ojos de Alma cuando ella baila de una manera tan dulce que parece estar hechizado por el carácter y la presencia de mi hija y, por supuesto por este Álvaro que estoy conociendo, relajado, divertido, con un gran sentido del humor y un amor incondicional hacía su hermano pequeño, y no es para menos.

Cuando mis pies ya no pueden más nos alejamos del gentío para sentarnos a descansar en una zona más tranquila del jardín. Allí, Alma y yo descubrimos que Isaac y Álvaro son unos enamorados de los caballos de pura sangre y que disponen de un criadero en la finca familiar.

Isaac acaba de iniciar la carrera de veterinario porque desde pequeño adora a los animales y tiene muy claro que ese será su futuro. Alma por su parte comparte con ellos su sueño de entrar en el Bachillerato de danza y ser una gran bailarina, viajar por todo el mundo exhibiendo su arte y llegar a tener su propia academia el día de mañana para poder dedicarse a la enseñanza del baile cuando sea más mayor.

Y Álvaro y yo, simplemente nos dejamos llevar por la ilusión que nos trasmiten las personas más importantes de nuestras vidas y por esa juventud tan divina, y para qué negarlo... las miradas que intercambiamos entre nosotros también han cambiado.

Un par de horas después los invitados van despidiéndose y abandonando la fiesta, miro la hora y descubro con asombro que pasan las dos de la madrugada, el tiempo pasa rápido cuando la compañía es grata, ya se sabe.

Mis hermanos se unen a nosotros y entre copas (para los adultos) risas y chistes malos, estamos en nuestra salsa. Mis padres se acercan a despedirse una vez que los últimos amigos se marchan y nos informan de que se retiran a descansar, invitándonos a que nos quedemos a dormir para así no conducir ya que, para que negarlo, nos hemos pasado con el alcohol y por supuesto así nadie conduce hasta su casa por muy cerca que esta se encuentre.

—Tranquila, mamá. Yo me encargo de que nadie conduzca —le tranquiliza Sergio.

—Muchas gracias, Azucena. No se preocupe, Isaac y yo dormimos en cualquier sitio —le informa Álvaro sonriente.

—Álvaro, será por habitaciones. Además, están todas preparadas porque ya sabíamos que alguien se quedaría. —Puntualiza mi padre.

—Azucena, dejemos a la juventud que sigan a lo suyo.

Le guiña un ojo cómplice a mi madre, que sin rechistar y más sonriente de lo normal asiente y coge la mano que mi padre le ofrece.

—Buenas noches, chicos. Portaos bien —se despide mi madre.

—Buenas noches, tortolitos. Eso os digo yo… No deis mucha guerra —dice Azahara haciendo que mi madre se sonroje y nosotros estallemos en carcajadas.

—Esta juventud… no les hagas caso, mi amor —le dice mi padre contagiado por las risas.

A las cuatro de la mañana damos por finalizada la fiesta y nos retiramos a nuestras habitaciones dejando las dos situadas en la planta baja para Álvaro e Isaac. Después de darnos las buenas noches y de que Sergio les deje ropa cómoda para dormir, Alma y yo nos preparamos para dormir, por fin.

Mi hija cae rendida solo tocar cabeza con almohada y yo, aunque el cansancio acumulado en mi cuerpo, ya desacostumbrado a tanta fiesta es latente, un aleteo en mi estómago no me deja pegar ojo.

Bajo a oscuras las escaleras en dirección a la gran cocina para beber agua, a ver si así consigo aplacar el nerviosimo. Me siento sobre la gran isla central que ocupa la gran cocina con un vaso de agua entre mis manos y mis piernas desnudas colgando, balanceándose a la vez que observo todo a mi alrededor. Parece mentira que con la que había aquí liada horas atrás este todo tan impoluto, que gran trabajo han realizado las personas encargadas de organizar todo el tinglado.

Estoy absorta en mis pensamientos, bueno para que mentir, mi único pensamiento ahora mismo es Álvaro. Después de atar cabos en mi mente no puedo negar que esta noche me he sentido mucho más empática con ese hombre, han sido muchas horas de risas, complicidad y conocer nuestros puntos más débiles, sin decirlos en voz alta. He descubierto que es un hombre cariñoso, capaz de sacar adelante a una familia entera, levantar su negocio familiar cuando estaba en la quiebra total y mantenerse fuerte frente a la adversidad que debió suponer la pérdida de alguien tan importante como su madre.

Me he identificado con él, porque cada uno hemos librado nuestra propia batalla por sacar a flote a las personas que más queremos y hemos conseguido madurar a marchas forzadas.

—Parece que alguien más no puede dormir esta noche. —Escucho su voz grave a mi lado y me sobresalto porque no le he escuchado venir.

—Dios, casi me da un infarto —digo llevándome la mano al pecho.

—Te mueves como un ninja.

—Eso suelen decirme. —Sonríe canalla—. Tenía sed y no podía dormir, perdona.

Abre la nevera y puedo contemplar en vivo y en directo ese cuerpo de dios griego, sin camiseta, únicamente con sus piernas cubiertas por un pantalón liviano oscuro de cintura baja y sus pies descalzos. Esa espalda ancha y definida con la anchura de sus hombros y los músculos que se marcan en cada movimiento, y ese trasero. ¡Madre del amor, hermoso! ¿Puede ser más respingón? Imposible. ¿Cuánto deporte debe hacer este hombre para estar así de definido?

Me llama la atención su brazo izquierdo tatuado por completo hasta su muñeca, parece mentira que bajo esos trajes caros que suele llevar se esconda tanta tinta. Creo que estoy babeando debido al repaso que le estoy dando a cada centímetro de su cuerpo serrano. Tiene un cuello que dan ganas de acariciar y besar sin dejar de aspirar su aroma.

¡Stop, Rocío! Frena… Me tengo que parar en seco al ser consciente de que llevo demasiado tiempo con los dientes clavados en mi labio inferior y ahora es él quien me observa con su cuerpo frente a mí, esa mirada de ojos claros fijos en mi cara y una media sonrisa, consciente de que me he quedado embelesada con su anatomía. Pero, créeme es un espectáculo con piernas, pero qué piernas… ¡Y qué torso! En esas abdominales, se podría rallar queso, seguro.

—No te cortes —me dice después de varios minutos en silencio, con los brazos cruzados sobre su pecho desnudo y una sonrisa de los más traviesa capaz de hacer rezar a la más beata. ¡Será engreído!

—Y tú tápate un poco, no te digo…

—Hace calor, y no pensaba que me encontraría con nadie —se excusa—. Podría decirte lo mismo, esa camiseta de tirantes tan desgastada que llevas tampoco es que sea demasiada tela para cubrir tus...

Señala mis pechos con un leve movimiento de cabeza sin apartar la mirada de mis erectos pezones que parecen querer atravesar la fina tela que los cubre.

—Al menos hoy llevo bragas... —No puede ser, lo he dicho en voz alta. Mierda

—No me tientes porque puede encargarme de ellas ahora mismo, ya me conoces.

Se acerca a mí como un depredador acechando a su presa y con una mirada de lo más insinuante. ¿Y yo qué hago? Quedarme paralizada sin poder negar lo que me gustaría poder hacerle. Si no estuviéramos en esta casa, os recuerdo, rodeada de mi familia al completo. Apoya sus manos a ambos lados de mi cuerpo y se inclina hacia adelante colándose sin reparo entre mis piernas haciendo que el calor de su cuerpo me provoque solo con su cercanía un leve gemido que no puedo controlar.

Sin dejar de mirarme acaricia suavemente con sus dedos mis costillas y mis manos van directas a su pecho. Si él puede tocar, yo también. Las palmas de mis manos abiertas recorren sin prisas cada uno de sus músculos que se contraen y provocan un escalofrío en él, reacción que me incita a seguir con esta tortura, y no solo para él, porque para mí es evidente que también.

—Eres una caja de sorpresas —le digo mientras repaso con mis dedos la tinta que cubre su piel—. ¿Qué significan?

—Mi vida entera —dice serio sin dejar de mirarme—.
Quizás algún día te lo ganes y te cuente la historia de cada uno de
ellos.

—Me encantará saberla.

Sus dedos provocan que mi piel se erice a cada delicado
roce de sus dedos, y yo no puedo evitar dirigir ahora los míos
hasta su clavícula y los laterales de su ancho cuello. Creo que
jamás había sentido tanta intimidad y tanta sensualidad sin llegar
a nada más en mi vida, con tan poco y estoy desarmada por
completo entre sus brazos. Noto entre mis piernas como su
entrepierna crece oculta y latente bajo su pantalón y mi humedad
se adueña de mi ropa interior, me abrazo a su cuerpo necesitando
más contacto y él me envuelve con sus fuertes brazos estrechando
mi cintura contra su cuerpo. Suspira en mi cuello y deposita un
delicado beso bajo mi lóbulo.

—Rocío, yo… No sé qué me pasa contigo, pero desde el
primer día en que te conocí no he podido sacarte de mi
pensamiento… —me confiesa en un tono que demuestra más
pesar que otra cosa.

—Siento lo que pasó ayer en tu discoteca. Esto no debería
estar pasando, Álvaro. Pero no puedo evitarlo, eres como la miel
para una abeja —confieso en voz alta.

—Somos conscientes de que será una gran cagada,
¿verdad? —dice mientras busca mi mirada para asegurarse de
que los dos somos conscientes de ello.

—Lo somos. —Afirmo sin parpadear—. Pero ¿qué vamos a
hacer?

—Pues lo hacemos y ya vemos.

Gruñe sin poder controlar más sus impulsos y se lanza sobre mi boca para devorarla con una pasión y un saber hacer que me hace perder por completo la cordura. Nuestros dientes chocan y nuestras lenguas exploran cada rincón de la boca del otro, es un beso lleno de necesidad, de deseo y repleto de todo lo que inconscientemente hemos reprimido durante demasiado tiempo.

Mis manos se aferran a su nuca y las suyas a la mía, como si no quisiéramos dejarnos escapar en ningún descuido. Entrelazo mis piernas a las suyas mientras mis pezones se clavan en su pecho y me siento de nuevo, como hacía muchísimo tiempo que no me sentía entre los brazos de ningún hombre, protegida, a salvo y totalmente a su merced.

12

Nos separamos después de mucho tiempo, necesitamos coger aire. Escuchamos como hay movimiento en la planta superior. Se separa rápidamente de mi cuerpo endeble por tanta pasión desatada en un solo beso, con un leve gruñido de decepción dejando escapar de sus labios un *joder* cargado de rabia por la interrupción y yo vuelvo a notar ese frío que ya noté una vez, hace años, al perder el contacto de su piel sobre la mía.

—Mañana te quiero para mí. Por favor, di que sí.

Más que una súplica a sonado a exigencia. La misma que yo siento por rematar todo esto que hemos desatado conscientes de que ya no hay marcha atrás.

—Sí. —Afirmo sin objeciones.

Unos pasos en mi espalda y la mirada de él, fija detrás de mí, me advierten de que tenemos compañía. Me giro para ver quién osa a cortarnos el rollo de esta manera y me encuentro con Azahara, como no. Con una sonrisa victoriosa en su rostro, orgullosa porque de tonta no tiene un pelo y es evidente que no estábamos haciendo ganchillo, precisamente.

Me fijo en el bulto que se marca claramente en la entrepierna de Álvaro y sonrío ante la pillada cubriéndome la cara con mis manos evitando así estallar en carcajadas.

—Vaya, perdón por la cortada de rollo. Por mí no os cortéis solo he bajado a por agua.

—Buenas noches, chicas.

Se despide Álvaro antes de desaparecer con una sonrisa asomando en su rostro e intentando colocarse ese gran bulto entre sus piernas que delatan el calentón que lleva encima. Cosa que es recíproca.

—Buenas noches —le contesto antes de que salga de la cocina.

Mi hermana se acerca a paso rápido hasta estar frente a mí y me mira sin poder evitar la gracia que le hace la situación con la mano cubriendo su boca, hasta que no podemos más y rompemos en risas ante lo evidente.

—Dime, por favor, que habéis rematado antes de que yo apareciera...

—Menos mal que has aparecido tú y no Sergio, o Alma... —me percato de que podría haber sido una pillada monumental si no llega a ser ella—. Tranquila, solo han sido unos besos, pero madre mía. Sino llegas a venir no sé qué hubiera pasado —confieso.

—Si yo fuera tú, me encerraba en esa habitación y le daba lo suyo y lo de su prima. ¿Pero tú has visto como está de tremendo ese hombre? ¿Y ese pedazo de bulto que se apreciaba en su entrepierna?

—Oye, ¿quieres parar? —la regaño en broma (bueno, vale. Reconozco que no me hace ni puñetera gracia que mi hermana se haya quedado bizca admirando a Álvaro, pero ¿qué pasa, Rocío? ¿Celos? No, para nada...)

—¿Estás celosa? Madre mía, qué aún no te la ha metido y ya estás en ese plan... —Sí, lo ha dicho. Tiene la misma delicadeza que un yogurt de chorizo picante.

—Tú, estás tonta. Me voy a dormir.

Bajo de la barra, de la que no me he movido en ningún momento, dando un salto y me escabullo antes de que la caliente de mi hermana siga con su lenguaje soez, cuando la escucho llamarme de nuevo en voz baja... Me giro veloz con un dedo cubriendo mis labios rogándole silencio.

—Dime, cansina.

—Date una ducha fría antes de dormir. Vaya a ser que confundas a mi sobrina con ese pedazo de jamelgo...

—Tú no estás fina de la cabeza, tengo serias dudas de si realmente no te diste un golpe en la cabeza de pequeña o algo.

—Sí, sí... Pero tú está noche no pegas ojo.

Y con esas mismas la dejo en la gran cocina con su vaso en la mano y riéndose, a modo malvada de la película, a mi costa.

Abro los ojos sobresaltada: "*Ha sido una pesadilla, Rocío. No tienes de que preocuparte*", me repito mientras mi respiración acelerada recupera su ritmo habitual. No sé qué es lo que me perturba en sueños porque una vez abro los ojos no recuerdo el motivo de mi angustia, pero sí puedo afirmar una cosa, desde hace un tiempo está sensación de asfixia al despertar es más recurrente.

Me giro sobre mí misma y compruebo que Alma no está ya en la cama, miro la hora en el reloj de la mesita de noche y para mi sorpresa son más de las doce del mediodía, tampoco algo tan raro teniendo en cuenta que tras el ajetreo de la pasada noche comenzaba a amanecer cuando yo, cual búho, seguía dándole vueltas a mi cabeza sin poder conciliar el sueño. Como bien aventuró mi querida hermana.

Me levanto de la cama y enciendo mi teléfono móvil, compruebo que tengo varios mensajes. Vayamos por partes:

Número desconocido. Recibido a las 05:50. "Espero que al igual que yo no puedas pegar ojo pensando en todo lo que podría haber pasado en esa cocina. Me debato entre salir y terminar lo que he empezado sin miramientos, o, por el contrario, seguir fantaseando con lo que te haré mañana... Tienes suerte (o no) de que tu hija duerma en la misma cama que tú. Me has dejado medio loco, preciosa. Buenas noches. Álvaro"

Número desconocido. Recibido a las 10.10. "Buenos días, Rocío. Soy Manuel, o, Maxi Iglesias como prefieras tú... jajajaja Me encantaría poder invitarte a cenar esta noche. Tengo muchísimas ganas de volver a verte. Besos."

Yeray. Recibido a las 11:11. "Buenos días, Mary. Ya puedes llamarme cuando te despiertes y contarme con pelos y señales como ha sido esa fiesta. Dime que ha ido el dueño y señor de tu fina y delicada lencería, por favor. Tailoviu, perra"

Pues ya estaría liada la cosa ¡Bravo por ti, Ro! Me debato entre que mensaje contestar primero y a cuál de ellos. Decido que lo mejor es llamar a Yeray, ya que es el único que está al corriente (junto con Candela) de mi noche de "los primos" (como a partir de ahora llamaremos a la noche en cuestión) para que me ayude con esta incertidumbre. Porque yo ahora mismo no doy más de mí misma.

—Mary, buenos días. ¿Qué me cuentas?

—Ay, Mary... Qué no te voy a contar, dirás

—Escupe, escupe.

—Tú has hablado con Azahara, ¿me equivoco?

—*Of course, baby.* Ya que no contestabas y me aburría soberanamente, he decidido llamar a mi lady, para que me haga un adelanto... pero, claro, no me esperaba esa bomba...

—La voy a matar. Maldita chivata.

—Si me lo ibas a contar igualmente, anda que has tardado en llamar....

—Sí, pero no quiero pensar que te habrá adelantado la pequeña zorrusca esa.

—Pues básicamente, que casi os pilla fornicando, sobre la cara isla de la cocina de tus pijos padres, a ti y al Dios de los hombres más guapos sobre la faz de la tierra. Eso lo digo yo, que conste —suspira soñador—. Qué el muchacho va muy pero que muy bien calzado, por lo que pudo intuir a través de ese pantalón y, que tú estabas con los pezones como timbres de castillo, a consecuencia de lo que ella por desgracia no llegó a ver.

Y sí, todo esto lo suelta sin inmutarse mientras yo me voy encendiendo (en más de un sentido) al recordar de nuevo ese escultural cuerpo contra el mío y esa mirada voraz acompañada de la promesa de una noche (ósea esta noche) de lujuria y pasión desenfrenada.

—Mary, ¿estás ahí?

—Sí, sí... Aquí sigo. Vamos que te ha puesto al día con todo lujo de detalles —sentencio—. Pero tiene toda la razón del mundo. Este hombre me ha desbaratado con un par de besos, y qué besos... Mary, eso es encender a una mujer y lo demás son tonterías. Si no llega a aparecer la intrusa de mi hermana, no sé cómo hubiera acabado la cosa. Bueno miento, si lo sé. Hubiéramos liado la de Dios. El caso es que tengo un dilema. Antes de que llegará Azahara me pidió por favor que hoy le dejará terminar lo que anoche no pudimos...

—No me digas que estás dudando en sí ir o no porque yo te mato si lo rechazas.

—Déjame terminar. Claro que le dije que sí, obvio. Pero es que está mañana tenía dos mensajes más a parte del tuyo. Espera que te los reenvío, no me cuelgues.

Pongo el teléfono en modo altavoz y hago dos capturas de pantalla, selecciono el contacto de Yeray y se las hago llegar. Rápidamente desconecto el altavoz de nuevo y vuelvo a colocar el móvil en mi oído.

—¿Los has recibido?

—Sí, a ver... —Silencio al otro lado.

—Mary, ¿los has leído?

—...

—Oye, ¿estás ahí?

—...

—Joder, no escucho nada.

—...

—Mierda de cobertura —maldigo.

—¡Serás hija de mil padres! —Escucho por fin al otro lado—. Es que lo tuyo no es normal. ¿Eres consciente de que tienes a los dos hombres más impresionantes del Sur, que digo el Sur, España entera, tras tus huesos? ¿Qué vas a hacer?

—Pues eso digo yo. ¿Qué carajo hago yo ahora?

—Pues decidirte uno para hoy y otro para mañana.

—Jamás, no podría hacerles eso. Álvaro es amigo de la familia, y ya me he besado con él dos veces en dos días. Manuel es su primo y no quiero jugar a dos bandas.

—Te acabas de dar tu solita la solución del dilema, amiga. El primero que ha venido a tu mente es Álvaro y con el que más has intimado, también...

—Tienes razón. Pero ¿qué le digo a Manuel?

—Dale mi número y voy yo, no es plan de que pase la noche solo. ¿Quién sabe? A lo mejor le gusto más que tú —nos reímos a la vez.

—Ay, Yeray. No me ayudas.

—¿Cómo qué no? Estoy dispuesto a hacerte el trabajo sucio.

Unos toques en la puerta me hacen quedarme callada.

—Mary, tengo que dejarte. Llaman a la puerta.

—Ahí lo tienes, no ha podido aguantar más y va a darte lo que no te dio anoche…

—Cállate, ya. Mañana te veo.

—¿Me vas a dejar con esta incertidumbre hasta mañana? No serás capaz…

—Hasta mañana, Mary. Te quiero.

—Hasta mañana, estoy deseando verte aparecer mañana sin poder cerrar las piernas.

—No me seas Azahara, adiós.

13

Cuando abro la puerta de mi habitación me encuentro con mi hermano sonriente.

—Buenos días, dormilona.

—Buenos días, Ser.

—Venga, arréglate que os invito a comer. He reservado mesa en *Maria Trifulca* a las dos.

—Imposible rechazar la invitación. Como sabes elegir, hermanito.

—Venga, date prisa. Alma y Azahara están esperando y no soporto más las conversaciones de esas dos. Tengo serias dudas de si nuestra hermana pequeña es una buena influencia para Alma.

—Es la mejor. No te metas con ella. Dame media hora. Me ducho y bajo.

—De acuerdo.

Cierro la puerta y me voy directa a la ducha, por suerte tengo ropa limpia en casa de mis padres. Aunque el restaurante al que vamos está cerca de mi casa, sé que mi hermano se negaría en rotundo a tener que esperarme de nuevo a que me cambie de ropa en casa.

Me decanto por unos tejanos pitillo en tono claro, una blusa de color rosa palo y me calzo las sandalias de tacón que lleve anoche. Me recojo el pelo en un moño de bailarina y después de dejar todo recogido en mi antigua habitación, bajo a reunirme con mi familia. Pero antes de bajar, he hecho los deberes. He contestado a Manuel, diciéndole que no puedo quedar esta noche porque ya tengo planes. Sin más explicaciones, tampoco se las debo.

A Álvaro, en cambio le he dado vía libre para que me diga hora y lugar de encuentro. Hemos intercambiado varios mensajes. Se ha marchado esta mañana antes de que yo despertará, junto con Isaac, ya que tenía que atender varios asuntos antes de poder quedar conmigo. Finalmente, ya que Isaac y Alma han quedado para ir al cine esta tarde, aprovecharemos esas horas libres para poder dar rienda suelta a nuestra imaginación, o eso espero yo, para que mentirte…

—Azahara, ¿puedes recoger a Alma a la salida del cine?

Pongo al día a mi hermana de camino al restaurante, aprovechando que Alma ha querido ir en el coche de Sergio y estamos las dos solas, momento que no desperdicia para avasallarme con preguntas sobre todo lo referente a Álvaro. Dime la verdad ¿A qué no te sorprende conociéndola ya? Finalmente me toca a mí pedirle el favor de que duerma Alma en su casa esta noche.

—Por supuesto que sí. Hermanita, yo me encargo de Alma, pero tú encárgate de que te quiten las telarañas como Dios manda. ¡Qué cabrona!

—Bueno, bueno... No adelantemos acontecimientos. Luego hablo con ella. Ay, madre, ¿qué le digo? No es plan decirle que su madre necesita vía libre para dar rienda suelta a la pasión con el que puede ser su futuro cuñado.

Azahara estalla en carcajadas ante el lío familiar que se nos viene encima mientras yo imito el gesto de la cruz sobre mi pecho que Yeray me ha contagiado a lo largo de estos años.

—Pues yo de ti le diría que tienes que mucho trabajo pendiente en el taller y no sabes hasta que hora estarás allí.

—No está bien que le mienta... —Dudo de si es la mejor opción, aunque pensándolo bien—. Pero tienes razón es la mejor opción. Tampoco sabemos que pasará a partir de hoy con Álvaro, y de sobras sabemos que puede poner el grito en el cielo si se imagina algo. De todas maneras, le diré que he quedado con él para tomar algo por la tarde.

—Esa es una media mentira, no le des más vueltas. Buena salida, Ro.

Pues con esa trama sacada de la manga pongo a mi hija sobre aviso para que sepa que dormirá en casa de su tía preferida y quedamos en que por la mañana Azahara la traerá a casa para que prepare las cosas antes de ir al instituto. Un tema resuelto.

La comida con mis hermanos discurre entre risas y suculentos platos, disfrutamos de las maravillosas vistas al Guadalquivir que nos ofrece la terraza del restaurante María Trifulca.

Terminamos la sobremesa y nos despedimos de Azahara y Sergio para poder llegar a casa y tener tiempo de arreglarnos para nuestras respectivas citas.

—Mamá, estoy de los nervios —me confiesa Alma con una sonrisa nerviosa en su preciosa cara.

—¿Por qué?

—Pues porque voy a tener una cita con Isaac, ¿por qué va a ser?

—Pues tranquilízate, has ido al cine muchas otras veces. Isaac parece un buen chico y por la cuenta que le trae ya puede mantenerse a una distancia prudencial o se las verá con tu tío. Ya le has escuchado tú misma, no las tengo todas conmigo de que no esté sentado varias filas detrás controlando la situación.

—Joder, mamá, no me ayudas. Ahora estaré en modo psicosis mirando todo el rato a todas las filas. ¿No será capaz, verdad?

Niego con la cabeza sin poder parar de reír recreando en mi mente lo cómico de la situación.

—Todo va a ir bien, cariño. Disfruta de la compañía de ese chico y quiero que me llames en cuanto estés con tu tía para que me pongas al día, no podré esperar hasta mañana para saber cómo ha ido.

—Claro que sí, pero con una condición...

—¿Qué condición?

—Que tú me pongas al día de tu cita con Álvaro. Te creerás que me he creído eso de que tienes que ir al taller después de como os mirabais ayer... Mamá, por favor, que excusa más mala.

Miro a Alma con los ojos entrecerrados, ella me mira a mí con una sonrisa canalla que me confirma una vez más, por si no lo tenía claro, mi hija se está convirtiendo en una adulta a marchas forzadas. Menuda pillada.

—Cada día tengo más claro que los genes de tu tía son los que predominan en ti.

—Ja, ja, ja. Te he pillado con el carrito del helado.

—Solo vamos a tomar algo para hablar de todos los años que hemos pasado sin vernos. Nada más.

—Pero... ¡Qué mal mientes! Se te nota que ese hombre te gusta y mucho. Vamos, que no me extraña.

—Pero ¿qué dices? —me sonrojo nerviosa—. Solo es un antiguo amigo...

—Vale, vale. Lo que tú digas, pero reconoce que es guapísimo.

—Lo reconozco, no te lo voy a negar —me sonrojo ante la mirada burlona de mi hija. —A ver muéstrame el modelito que tienes pensado ponerte... —Desvío el tema porque esta conversación empieza a incomodarme...

A las siete de la tarde estamos las dos arregladas y esperando a los hermanos De Las Heras con un nerviosismo que no podemos ocultar ninguna de las dos.

Alma está preciosa con un vestido *skater* de manga corta en color negro con el logo de la marca en el centro, corto hasta medio muslo y unas deportivas de cuña de la misma marca a juego negras con las rayas blancas laterales. Está preciosa. La he maquillado ligeramente y se ha recogido el pelo en una coleta alta que le deja esa preciosa cara despejada.

Yo, en cambio, me he decantado por un conjunto en color negro, que consiste en un pantalón de pata ancha y tallaje de tiro alto a juego con una americana de solapa grande y con mangas fruncidas hasta el codo. Un top de encaje, bajo esta, en tono verde botella con satén y finos tirantes que se cruzan en mi espalda. En los pies zapatos del mismo color que el top, de tacón alto, estilo *peeptoe* con apertura en la parte frontal dejando al aire mi pedicura a la francesa que tanto me define.

El telefonillo del portal nos anuncia que los "hermanísimos" han llegado. Nos damos un abrazo rápido con una gran sonrisa.

—Pásalo genial, mi niña. Ten mucho cuidado —le digo nerviosa a Alma.

—Y tú también, mami. Luego nos contamos.

Espero por el bien común de los cuatro (sobre todo por la integridad física de Isaac) que no tengamos lo mismo que contarnos mañana. Ya me entendéis...

Apagamos la luz y bajamos a la calle donde nuestros guapísimos chicos nos esperan cada uno en sus respectivos coches.

14

ALMA

Reconozco que estoy de los nervios. Pero sé que mi madre lo está también. Cada una por la parte que nos toca.

Ayer en la fiesta de aniversario de mis abuelos conocí al chico más guapo que haya visto nunca. Y eso que pensaba que estaba locamente pillada por Luis, más quisiera él. Después de conocer a Isaac ya no quiero saber nada más de ningún chico que no sea él. Pero vamos que, si por fuera es guapo, por dentro lo es aún más.

Se acercó a mí nada más terminar de comer, yo estaba aburrida mirando mi teléfono móvil, bueno más bien, comprobaba los últimos estados de Luis en WhatsApp y en sus redes sociales, sus historias.

Estaba apoyada en el gran roble que hay en el enorme jardín de mis abuelos cuando escuche una voz a mi lado.

—Te estás perdiendo una gran fiesta, creo que ahora es cuando viene a actuar *J.Balvin*. Tengo mis contactos.

De esta manera es como llamó mi atención y yo me quedé con una cara de boba mirando a ese chico que, vestido con un tejano oscuro y una camisa negra, que le marcaba a la perfección un cuerpo de lo más sugerente: alto, delgado y atlético. Con una sonrisa de medio lado y el pelo corto con flequillo ladeado de color castaño claro que le cae ligeramente sobre unos ojos color miel enmarcados por unas infinitas pestañas. Como para no quedarme noqueada ante semejante espectáculo para la vista.

—No me extrañaría, si te soy sincera. Mis abuelos pueden ser capaces de eso y más con tal de dar la mejor fiesta de aniversario.

Le sigo el rollo, pero parece que no se esperaba que yo sea la nieta de los anfitriones porque rápidamente se sonroja y me pide disculpas. ¿Puede ser más mono?

—Perdona, yo no sabía que Rafa y Azucena son tus abuelos, espero no haberte molestado. Es una fiesta genial —se rasca la nuca a causa de los nervios.

¿He dicho ya lo mono que es? Me reitero. Sonrío como una boba ante la situación, por fin algo divertido a parte de las historias y las salidas de tiesto de mi tía Azahara.

—No tienes de que disculparte. Mi nombre es Alma, por cierto.

—Encantado Alma, soy Isaac.

Me da dos rápidos besos a modo de saludo y yo no puedo evitar aspirar el aroma tan tentador que desprende su cuello. Eso es oler bien y lo demás son tonterías.

—Cuéntame, Isaac. ¿Qué te ha traído a esta maravillosa fiesta? —me intereso sonriente.

—Pues resulta que mi padre y tu abuelo son amigos y socios desde hace muchos años, y aunque mi padre ya está jubilado. Mi hermano Álvaro es ahora el encargado de los negocios familiares y es socio de Rafael.

—Vaya, que interesante. Yo no tengo mucha idea de las amistades de mi abuelo, si te soy sincera.

—Bueno, tampoco te pierdes gran cosa. Ya sabes... los negocios pueden llegar a ser un rollo. —Sonríe.

—Totalmente de acuerdo contigo. —Sonrío yo también

—¿Quieres algo de beber?

—Vale, vamos.

Caminamos hasta la barra y nos pedimos dos refrescos, cosa que me llama la atención de él porque a comparación de Luis seguro que ya se habría bebido un par de cubatas con eso de que es barra libre. Rectifico, estaría haciendo el gamba, borracho perdido y seguro que mi tío ya lo habría echado a patadas de aquí.

—¿No bebes alcohol? —pregunto sorprendida—. ¿Cuántos años tienes?

—No, no bebo alcohol. Tengo dieciocho años. ¿A qué viene esa pregunta? —se interesa divertido—. ¿Cuántos años tienes tú?

—Nada, curiosidad. Los chicos de mi barrio suelen beber cada vez que tienen ocasión. Es algo que yo detesto, no le encuentro la gracia a beber hasta perder la cordura, menuda tontería. Yo tengo quince años —me avergüenzo mucho de confesar mi edad, ya que seguramente un chico de su edad no quiera saber nada de una niñata como yo.

—Pues me parece una gran reflexión la tuya. Yo opino lo mismo que tú. Aparentas más edad. Pero eso seguro que ya estás cansada de escucharlo

Reconozco que se me iluminan los ojos, ante lo que me acaba de decir, ¿de verdad qué no piensa que sea una niñata y que parezco mayor? Me encanta este chico.

Después de eso nos fuimos a hablar a las hamacas de la piscina y me sentí tan a gusto... Este chico es una caja de sorpresas.

Hasta que apareció mi madre para pedirme que bailara para mis abuelos mientras ella cantaba y ¿cómo me iba negar, si iba a cantar por Lin Cortes? Por supuesto, que acepté. Pero ahí no queda la cosa, porque resulta que mi nuevo amigo sabe tocar el cajón y se apuntó a acompañarnos. Creo que en ese momento hasta mi madre quedó prendada de él.

No os he contado una cosa: estoy hiper mega emocionada. Soy una enamorada del baile, creo que antes incluso de empezar a caminar, y resulta que mi academia de flamenco me ha ofrecido la posibilidad de actuar junto a mi cuadro de baile en la presentación del nuevo disco de Lin Cortes, no podéis imaginar lo que supone para mí ese paso gigante en mi carrera, que espero que sea muy larga, dedicándome al baile.

Pero hay no acaba la cosa, mi madre (que es la mejor costurera y diseñadora de toda España) va a confeccionar nuestros trajes para la ocasión. Las dos estamos como locas por la gran oportunidad que nos han brindado, parece que por fin la vida nos sonríe. Y nosotras estamos dispuestas a esforzarnos todo y más para cumplir juntas nuestro sueño.

¿Qué sería de mi sin mamá? Ella es la que me ha criado, ayudada por mis abuelos y sus hermanos, pero eso no le quita mérito. Me tuvo solo con dieciocho años, que locura ¿verdad?

Pues ella lo dejó todo por mí, mi padre y ella eran tan felices juntos, os aseguro que verlos era digno de admiración, como se querían...

Pero claro mi padre tuvo que joderla, intentaron hacerme creer que estaba trabajando en algo nuevo y solo podía verle los findes, pero claro yo recuerdo perfectamente esa noche. Vi cómo lo esposaban y se lo llevaban, por muy pequeña que fuera, tonta no soy... Y además cuando los niños de tu clase hablan más de la cuenta y te enteras por ellos de que tu padre es un traficante de drogas y que por eso está en la cárcel. Poco pueden hacer para ocultarte la verdad.

Para mí, él era mi héroe, pero poco a poco se fue convirtiendo en un villano, que utilizaba mis visitas para arremeter contra mi madre. Pobrecita, ella aguantaba estoicamente los ataques verbales, y lo hacía por mí. Jamás ha malmetido ni hablado mal de él, en mi presencia. Cuando fui más mayor decidí, por mí misma, que ya no quería ir más a verle. Está claro que solo me utilizaba para su conveniencia y yo por mi madre MATO; que de Belén Esteban me ha quedado eso.

El caso es que he seguido manteniendo el contacto con mi padre por teléfono y en menos de un mes saldrá de permiso, justo para Semana Santa... De momento a mi madre no le he dicho nada, ella sabe que sus primeras salidas están cerca pero no exactamente cuándo será, porque sé que para ella será un palo muy grande. Tener que verle la cara por el barrio, solo espero que la deje vivir tranquila, porque se lo merece. Es demasiado buena y no quiero que él se aproveche de eso para hacerle más daño.

Mamá no ha tenido novio desde que mi padre está en prisión, pero no te creas que siguen juntos. Por eso me parece genial que haya aparecido Álvaro en su vida, no quiero adelantar acontecimientos, pero creo que es un buen hombre para ella (además de estar tremendo) por cierto, resulta que Isaac y Álvaro son hermanos, puede tener más gracia la situación. Me parto de la risa yo sola.

Bueno pues ahora me toca a mí, demostrarle a mi madre, que tiene mi apoyo incondicional para rehacer su vida. Y nadie mejor que el amigo guapo de mi abuelo (Sí, sí, así le llamé yo con solo ocho años el primer día que le conocí y aunque lo recuerdo vagamente, os aseguro que hoy es aún más guapo que hace años). Espero que lleguen a algo serio y mi madre sea feliz de nuevo. Quiero volver a ver ese brillo en sus ojos, porque ella es preciosa pero cuando estaba enamorada brillaba mucho más.

Y aquí estamos ahora, el día después de la fiesta en casa de mis abuelos. Ella tiene una cita con Álvaro, pero es que yo me voy al cine con Isaac. Madre mía, que nerviosa estoy.

Va a ser mi primera cita oficial y espero que por fin me den mi primer beso, en condiciones. Porque, aunque Luis me haya gustado mucho, es un picaflor... Y sabía, aunque no quisiera confesarlo a mis amigas, que con él no sería. Tiene a la que quiere y utiliza a las chicas para sumar candidatas en su interminable lista, yo no soy una más. Para nada.

Pero con Isaac será diferente, él me mira de una manera distinta, no me quiero ilusionar, pero creo ver un brillo en sus ojos que me recuerda al que mi padre tenía por mi madre cuando yo era pequeña. Espero que no sean imaginaciones mías.

—Isaac, ten cuidado con el coche. Llámame cuando llegues a casa y pórtate bien.

Le dice Álvaro a su hermano, lo mismo que estaba pensando yo. Menos mal, que se ha adelantado él.

—Hermano, por favor. No me fastidies, ¿qué van a pensar estas chicas? —me mira y se dirige a mí—. Rocío estate tranquila, que soy muy prudente al volante y tendré cuidado.

—No me cabe duda, Isaac. Pasadlo genial. —Miro a Alma que se mantiene en silencio mirando tímida al suelo—. Alma, llámame luego, ¿vale? Escribe a tu tía para decirle a qué hora debe recogerte.

—Sí, mamá. –Mira a Álvaro—. Y tú cuídamela que solo tengo una.

Los cuatro nos reímos, parece de chiste, ¿no? Todos avisando a los otros para que nos cuidemos unos a otros...

—Nos vamos o llegaremos tarde a la peli —nos informa Isaac.

Isaac abre la puerta de copiloto de su coche para que Alma entre en él, pero ¿puede ser más galante este chico con solo dieciocho años? Me encanta. Ella sube sonriente y me mira a través de la ventanilla con su preciosa sonrisa cuando él cierra la puerta. Rápidamente se dirige hasta tu asiento de conductor y arranca el coche cuando empieza a sonar la canción *Entre tú y yo* del *Duende Callejero* en el interior del vehículo.

Los despedimos con una gran sonrisa y con la esperanza (por mi parte) de que ese chico que se lleva con él a lo que más quiero en esta vida sepa cuidarla como ella se merece.

Álvaro se acerca a mí con una seguridad apabullante y susurra en mi odio mientras abraza mi cintura.

—Es un gran chico, puedes estar tranquila. Está en buenas manos.

—Eso espero…

Sonrío sin dejar de mirarle a los ojos, esos mismos que me dan la calma y la confianza que ahora necesito.

—Estás preciosa, por cierto. ¿Nos vamos?

—Tú estás, muy guapo, también. Te queda muy bien ese rollito casual —le digo mientras acaricio su definido pecho con mi mano oculto tras un polo azul celeste, que combina a la perfección con sus ojos—. ¿Dónde vamos?

—Déjate llevar —me guiña un ojo y yo me derrito, entrando en este maravilloso Range Rover blanco mientras él sujeta la puerta de copiloto cerrándola una vez que estoy dentro.

Arranca el coche mientras *Daviles de Novelda* canta *Flamenco y Bachata*.

—Me encanta esta canción —confieso mientras admiro su perfil perfecto concentrado en el volante y muevo mis hombros al compás de la música.

—A mí también me gusta mucho —me mira y sonríe.

—¿Eres un romántico? —le pico bromeando.

—Depende de con quién. Contigo podría llegar a serlo.

—Vaya, menudo rollero estás hecho. No me esperaba esa respuesta. —Sonrío mirando al frente.

—Hay muchas cosas que no te esperas. —Y no sé si eso ha sonado bien o mal.

—Espero que sean cosas buenas.

—Bueno, de todo un poco, seguro... Según se mire.

—Mejor empecemos por las buenas, o nos llevaremos mal.

Conduce por las calles de Sevilla y entra en un aparcamiento privado cerca del parque de María Luisa.

—Hemos llegado.

Le miro entrecerrando los ojos intentando adivinar que hacemos aquí. Pero él solo apaga el motor y se gira mirándome directamente a los ojos a la vez que humedece sus labios, se desabrocha el cinturón de seguridad y se inclina hacia mí, que espero expectante a que me bese como Dios manda, de una vez por todas.

Y ese beso no tarda ni dos segundos en llegar, es un beso dulce y lleno de promesas que conforme vamos profundizando se vuelve apasionado y sensual. Cuando se separa de mí, rompiendo esa conexión que hemos creado. Me dan ganas de hacer pucheros porque necesito más, muchos más besos de esos que te dejan sin aliento, por favor.

—Vamos, o no seré capaz de parar de besarte y nos perderemos el espectáculo.

Para mí el espectáculo es él ahora mismo, pero como no quiero hacer que su ego crezca más. Asiento conforme y me dispongo a salir del coche, pero él se adelanta con su galantería y me hace esperar hasta que llega junto a mi puerta y la abre para que pueda salir.

Salimos caminando cerca el uno del otro mientras nuestros dedos se rozan inocentes al caminar.

—Un paseo por el parque siempre es un buen plan en pareja, ¿no te parece? —confiesa mientras nos dirigimos a la entrada del maravilloso parque de María Luisa.

—Vaya, ¡qué grata sorpresa! hacía años que no venía por aquí.

Él me mira orgulloso de su decisión y coge mi mano para pasear junto a mí. Caminamos en silencio nada incomodo, por cierto, sino todo lo contrario de esos que te hacen sentir a gusto porque con las miradas dices más de lo que tus palabras pueden expresar. Llegamos hasta el lugar más romántico del parque la *Glorieta de Bécquer.*

—¿Sabías que este monumento está dedicado al poeta del Romanticismo, Bécquer? esas tres mujeres. —Señala con su mano libre en dirección a las estatuas—. Representan el amor que pasa, el amor poseído y el amor perdido. A sus espaldas, cupido como símbolo del amor herido y el amor que hiere.

—Vaya, no sabía el significado real. Es precioso —me ha dejado obnubilada con sus conocimientos.

—Suelo venir a menudo, cuando todo me supera. Me siento en este banco y me dejo cautivar porque para mí este lugar es magia.

—Es precioso, Álvaro.

Le atraigo más a mí con la mano que aún me sostiene y me abrazo a su gran cuerpo, no sé porque me ha dado por ahí, la verdad. Pero he sentido la necesidad primitiva de demostrarle mi cariño. ¿Será este lugar?

Él acaricia mi pelo con su mano y deposita un dulce beso sobre él, sin dejar de abrazarme.

—Rocío, yo... No quise desaparecer de esa manera cuando pasó todo aquello con el padre de Alma. Como bien pudiste suponer ayer, hace seis años que mi madre falleció. —Su voz se torna más dulce y compungida al hablar de su madre—. Ella era maravillosa y la que cuidaba de todos nosotros. Una noche sin más no despertó, murió mientras dormía. Fue una muerte súbita, su corazón dejo de latir sin previo aviso. —Coge aire para continuar hablando—. Mi padre quedó destrozado, entró en una depresión profunda y las deudas y los embargos comenzaron a llegar demasiado pronto a casa. Yo tuve que hacerme cargo de la situación y ocuparme de levantar todos los negocios familiares. Tu padre me ayudó muchísimo y mi primo Manuel fue mi mano derecha en todo. No todo fue un camino de rosas, no estoy orgulloso de muchas de las decisiones que tuve que llevar a cabo para salvar la economía familiar. Pero lo conseguí —se calla para recapacitar en todo lo que acaba de decirme y busca mi mirada separando su cuerpo un poco para contemplar desde su altura mis ojos—. Por eso no has sabido nada más de mí en estos años.

—Álvaro, lo siento. Yo no sabía nada. Estaba demasiado metida en mi mundo intentando sacar adelante a Alma y, reconozco que me fastidió perder el contacto contigo, pero pensé que simplemente te habías cansado de esperar algo de mí que sabías que no llegaría en ese momento… No pregunté tampoco. Lo siento.

—No Alma, no tienes nada que sentir. Solo quiero que sepas que habría esperado lo que hiciera falta para verte sonreír, me gustabas muchísimo incluso desde pequeños, Alma. No me preguntes porque, pero sentía que tenía que cuidar de ti, hasta que desapareciste con el padre de Alma siendo tan joven. Lo que quiero decirte es que cuando te vi el viernes de nuevo en Antique, volví a sentir la misma conexión contigo como pasó el día de la feria cuando nos encontramos después de tantos años. Y creo que el destino me está dando otra oportunidad para hacer las cosas bien contigo.

—Álvaro, yo… No sé qué esperas de mí. Mi vida es demasiado complicada. Entre Alma, el taller, mi ex…

—Me da igual. Deja de poner excusas. Mi vida tampoco es que sea un camino de rosas. De hecho, debería tener más excusas para que esto —nos señala a ambos—. No suceda, pero lo he pensado mucho y no pienso renunciar a ello.

—Estás muy loco lo sabes, ¿verdad?

No puedo negar que lo que acaba de decir es lo que siempre he esperado, que alguien de nuevo me haga perder la cabeza y el sueño por él y llegado ese momento sea capaz de dejar el pasado atrás y aventurarse a complicarse la vida conmigo. Ahora parece que tengo a alguien a mi lado dispuesto a ello y encima, es Álvaro.

—Por supuesto que soy consciente de ello. ¿Y tú? Rocío, ¿estás dispuesta a dejarte embaucar por este loco?

—Ya veremos si este loco es capaz de embaucarme.

Le atraigo hacía mi boca tirando del cuello de su polo y nos fundimos en un beso que creo que, hasta ese mismísimo cupido de piedra como testigo ha debido sonrojarse.

—No te puedo prometer nada, Álvaro. Hace demasiado tiempo que no sé querer a nadie más que no sea Alma. Todo mi mundo era Toño, antes de que hiciera lo que hizo. Después de un tiempo en prisión, a base de muchas desilusiones mi amor hacia él desapareció. Desde entonces, no te voy a mentir, no he guardado el luto. Pero nada de implicarme sentimentalmente con nadie —le miro directamente a los ojos—. No sé, si me entiendes.

—Te entiendo perfectamente, en eso somos bastante parecidos —me sonríe—. Mira, Rocío, yo quiero intentarlo, con calma, sin presiones y respetando nuestros espacios. ¿Y tú?

—Creo que estoy preparada, es una locura. Pero sí, sí quiero.

La emoción hace que sus ojos se iluminen y yo no puedo evitar sentir un escalofrío en mi cuerpo ante su reacción. `Universo, por favor, pórtate bien con nosotros´ pienso sin poder dejar de sonreírle como una quinceañera enamorada. Y hablando de quinceañeras... ¿Qué pensará la mía de esto?

Al atardecer, llegamos al mejor lugar para ver la puesta de sol: el monte Gurugú. Os aseguro que es un espectáculo para todos los sentidos el poder disfrutar de los colores rosáceos que se aprecian desde este mágico lugar junto al reflejo de las palmeras en el agua, admirando los pavos reales y los cisnes.

Acedemos al pabellón de Alfonso XII el mismo lugar donde este declaró su amor a María de las Mercedes.

Después de esta maravillosa experiencia regresamos al coche, sin soltarnos de la mano, preguntándonos como habrá ido la sesión de cine de los jóvenes tortolitos y riendo por las casualidades de la vida. Mi teléfono suena en el bolso con el tono de llamada que tengo asignado para Alma, suena la canción de *Tu foto del DNI* de *Aitana y Marmi*. Álvaro me mira sorprendido y yo me encojo de hombros antes de contestar.

—Hola, mi amor, ¿cómo ha ido la película?

—Hola, mami. Genial, acabamos de salir del cine. Hemos visto la nueva de *Mario Casas, No Matarás*. Es buenísima, tienes que verla. —Yo sonrío ante la emoción de su voz—. Y tú, ¿qué tal?

—Como me alegro, cariño. Pues nosotros hemos estado dando un paseo por el parque de María Luisa. Y ahora de regreso al coche, pero no sé nada más. Todo es una incógnita con este hombre —le miro de reojo dándole un pequeño empujón con mi hombro, él me sonríe abiertamente y rodea mis hombros con su brazo.

—Eso es buena señal entonces —me sorprende lo feliz que se muestra ante mi cita, ¿será verdad? No se caracteriza precisamente por ser la hija más entusiasta del mundo en lo que se refiere a las citas de su madre—. Mamá, ¿puedo ir con Isaac a cenar al Burger? Puede llevarme a casa de la tía, dice que no hay problema.

—Bueno, está bien. Pero avísame cuando llegues de cenar y avisa a tu tía, por favor.

—Ya lo he hecho —se ríe—. Me ha dicho ella que te lo pregunte a ti.

—Siempre estáis igual. Entre las dos lo organizáis todo y ya, si eso, me lo contáis después.

—Bueno, no te entrego más. Pásalo bien, mañana me cuentas... Bueno solo lo que puedas contar a tu hija, por supuesto. No necesito más detalles.

—Alma, por favor. Menuda sinvergüenza estás hecha. Te quiero. Ten cuidado.

—Yo más, y tú también. Adiós, mamá.

Colgamos a la vez justo antes de volver a entrar en el aparcamiento.

—Parece que los chicos han salido del cine, y ahora van a cenar algo al Burger. Isaac llevará a Alma a casa de mi hermana después de cenar —le comento a Álvaro a modo de información.

—Me parece una buena idea —me observa detenidamente con una media sonrisa canalla en su boca y añade—. Eso quiere decir que está noche nadie te espera y... ¿vas a ser toda, única y exclusivamente, para mí?

Me atrae con su brazo sosteniéndome fuerte por mi cintura y me pega a su cuerpo, avanzando conmigo de espaldas hasta chocar con su coche y apresando mi cuerpo con el suyo. Se me escapa un leve gemido al notar el calor que su cuerpo desprende sobre el mío y sin darme oportunidad de responder introduce su lengua en mi boca, llenándola de su sabor y su deseo. Subo mis manos hasta su nuca y enredo mis dedos entre su pelo para intensificar ese glorioso beso, que hace que se encienda, por vigésima vez (por lo menos), mi deseo más carnal de hacer de todo con este hombre desde que he vuelto a encontrármelo en mi vida.

—¿Tienes hambre? —me pregunta dando por finalizado el asalto de pasión provocado a mis labios, pero sin despegar mi cuerpo del suyo, donde queda latente que su entrepierna sigue muy pero que muy preparada para lo que sea necesario.

—Un poco, pero creo que tengo más hambre de ti que de otra cosa —confieso sin dejar de acariciar su cuello con mis dedos, ante lo que su cuerpo responde con un escalofrío y un suspiro.

—No más que yo de ti, te lo aseguro. Pero antes de eso, te recomiendo que cojamos fuerzas porque te prometo que esta noche las vas a necesitar. —Dice antes de pasar su boca por mi cuello y dejar un reguero de lentos besos a lo largo de este.

—Ah, ¿sí? Espero que cumplas con tu palabra, Sr. De Las Heras, no me gustaría tener que ser yo quien te baje esos humos de empotrador que te das.

—Señorita Montes, no se preocupe que no va a tener opción de réplica, se lo aseguro —dice antes de estallar en una carcajada que conecta directamente con mi entrepierna. Adoro esa manera que tiene de encenderme con su risa tan varonil y sensual.

Está noche me da a mí, que quedará grabada para el resto de mis días; y de los suyos, por supuesto.

16

ÁLVARO

Reconozco que en este momento no puedo dejar de pensar en su cuerpo desnudo y enredado con el mío, prueba de ello es la erección que oprime mi pantalón tejano, necesito un rato para poder enfriarme o juro que pongo la directa hacia mi casa y no pienso dejar de hacerla mía en toda la noche. Pero tengo que ser fuerte, esta noche es nuestra y le debo una cena en condiciones, desde hace demasiado tiempo. Parece que haberla llevado al parque de María Luisa ha sido una maravillosa idea; y no es porque haya conseguido lo que llevo tanto tiempo esperando, que es ELLA.

He compartido con ella parte de mis secretos, el primero mi lugar donde me reinicio cada vez que las situaciones me superan, y aunque me joda confesarlo, son demasiadas debido a mis negocios y a los quebraderos de cabeza que conllevan.

Pero a partir de ahora y gracias a lo que Rocío ha despertado en mí, será todo más llevadero, me he decidido: voy a delegar más en el resto de mis empleados y voy a disfrutar del tiempo que la vida me regala a su lado, porque, aunque sé que es demasiado pronto para saber que nos deparará el destino creo con certeza que esto puede salir bien.

Madre mía, quién me ha visto y quién me ve. Si la semana pasada mientras iba de cama en cama, sin ningún tipo de sentimiento, me llegan a decir que esto iba a pasar. Me hubiera reído en la cara de quien lo hubiera dicho.

Precisamente yo, que de sentimientos creía que andaba escaso, y hoy en día estoy dispuesto a enfrentarlos todos por una mujer. Soy un tipo duro y con la mente fría, por eso mis negocios son tan fructíferos, no me dejo arrastrar nunca por los sentimentalismos y Dios me libre, sino no hubiera llegado hasta donde estoy ahora mismo.

—¿En qué piensas? —me pregunta Rocío haciéndome volver junto a ella mientras conduzco con la música de *Galvan Real* cantando *Amigos* a través de los altavoces de mi coche.

La miro mientras espero a que cambie el semáforo y descubro que a través de sus largas pestañas intenta descifrar mi semblante. Es tan jodidamente preciosa que necesito tocarla a cada segundo que paso junto a ella, alargo mi mano y acaricio su dulce rostro con mis dedos.

—Eres tan perfecta —se me escapa de entre los labios en una especie de susurro. Lo que yo te diga, me vuelve completamente loco e imbécil...

—Y tú un mentiroso —me suelta sin inmutarse—. No pensabas en eso, no mientas. Estabas demasiado serio cuando piensas demasiado se te forman unas arrugas muy sexys en la frente, ¿lo sabías?

—¿Me estás llamando viejo? —me hago el ofendido, pero sé perfectamente a lo que se refiere. Soy consciente de ello.

—Dios me libre —se santigua, me llama la atención con la facilidad que suele hacerlo. Creo que no es consciente de ello, me hace sonreír—. ¿Y ahora te ríes de mí?

—Me rio contigo, que es distinto. ¿Por qué te santiguas tan a menudo? No tienes pinta de ser de las que va a misa cada domingo.

—Yo no hago eso —me dice entre sorprendida y ofendida. Lo que yo te diga, lo hace sin darse cuenta—. Yeray, mi socio es el que lo hace. No sabes las risas que nos damos a su costa cuando algo le pone nervioso. Pero ¿yo? para nada.

—Pues que sepas que lo haces más a menudo de lo que crees, te he visto hacerlo en varias ocasiones. No te miento —le informo entre carcajadas.

—Pues lo haré sin darme cuenta —se lleva una mano a la frente mientras mueve la cabeza de un lado a otro a modo de negación—. No me fastidies, toda la vida riéndome de él y ahora resulta que yo también lo tengo.

La llevo a cenar a mi restaurante favorito de Sevilla, el Amara, y me sorprende gratamente que no conozca el sitio porque os aseguro que es de lo mejorcito de la capital hispalense y no porque su maravilloso chef sea amigo mío, que también. Aquí todo es otro nivel, la intimidad del lugar y sus pocas mesas hacen que sea casi imposible reservar mesa en meses, pero yo juego con ventaja, todo sea dicho... Comemos los deliciosos platos que Javier Fabo prepara junto a su equipo para deleitarnos con lo mejor del Norte sin perder el aroma del Sur, dejándonos sorprender por lo que mi buen amigo nos recomienda.

Cuando damos por finalizada la cena, y después de tomarnos varios chupitos en una animada sobremesa en la que no podemos dejar de hacer manitas y reír hablando de todo, caminamos de vuelta al coche callejeando por el centro de la ciudad. Nos devoramos a besos en cada portal, ansiosos por llegar al siguiente destino... Ese que hará por fin que nuestro deseo sea consumado. Espero que los nervios no me traicionen, ¡Concéntrate, Alvarito! ¡No vayas a quedar como un eyaculador precoz! Me conciencio una y otra vez a mí mismo.

—¿Dónde vas a llevarme ahora? —inquiere Rocío, entre beso y beso, sin dejar que se aleje demasiado de mi cuerpo, atrapándola entre mis manos cada vez que intenta alejarse un par de pasos de mí.

—¿Dónde quieres ir? —le pregunto, con una sonrisa canalla, conocedor de la respuesta, pero quiero escuchar con mis propios oídos como sale de esos labios tan irresistibles y adictivos.

—Yo a mi casa, tú a la tuya —me dice sin creérselo ni ella. Me reta con la mirada intentado permanecer seria—. ¿Eso quieres escuchar?

—Si es lo que tú quieres, yo cumplo órdenes. Soy un caballero. —Quieres jugar pues, juguemos.

Reanudo el paso sin soltarla de la mano mirándola de reojo de vez en cuando, viendo como su asombro va en aumento. Hasta que se detiene en seco y tira de mi mano para que me pare junto a ella. La miro a los ojos desde mi altura, es tan manejable con su estatura, tan ideal para poder manejarla a mi antojo entre mis brazos.

—Quieres dormir conmigo, no te hagas el chulito ahora —me dice haciéndose la indignada.

—Dormir es lo que menos me apetece ahora mismo. Pero si eso es una invitación, por supuesto que la acepto. —Adoro picarla, ella lo sabe y hace lo mismo conmigo.

—No te estoy invitando, te estoy informando de que cuando me dejes en mi portal, los dos sabemos que no podremos frenar lo que hemos desatado y subirás a mi casa, y después de todo lo que pienso hacerte no querrás salir de mi cama en toda la noche —se pone en modo felina seductora, sabe cómo hacer que un hombre suspire por ella y yo ahora mismo es cuando, si no estuviera en un lugar público en medio de toda Sevilla, la haría mía sin contemplaciones contra la pared más cercana.

—Pues yo te informo de que serás tú la que suplique porque no me vaya en toda la noche de tu cama —la atraigo hasta mi boca cogiendo con mi mano su nuca y le anticipo con un beso húmedo y cargado de deseo lo que soy capaz de hacerle sentir a mi lado. El gemido que se escapa de esos sensuales labios me hace ponerme más duro que el alcoyano.

Y sin que se lo espere la alzo entre mis brazos como si se tratara de un saco de patatas, la cargo en mi hombro y corro con ella dándole pequeños azotes en ese culo perfecto que tiene. No paramos de reír ,ni la dejo en el suelo, hasta que por fin llegamos a mi coche.

Beso de nuevo sus labios mientras abro la puerta de copiloto y una vez que está dentro cierro y me dirijo veloz hasta mi asiento para no perder más tiempo, se acabaron las esperas. Nuestros cuerpos reclaman más y yo necesito perderme ya entre sus perfectas piernas.

Esta noche solo somos ella, yo, y nuestras ganas.

17

Álvaro conduce con prisas, pero sin poner en peligro nuestras vidas, dirección a mi casa. Mi piel arde bajo la ropa deseosa de sentir el tacto de su piel, no puedo contener el deseo que ha crecido en mi interior y tengo que permanecer con las piernas bien apretadas para poder contener toda la atención que mi zona más erógena reclama. Sé que es consciente del deseo que despierta en mí y su mano no deja de acariciar mi muslo con un movimiento circular ascendente que puede llegar a enloquecerme sino para ahora mismo con esa deliciosa tortura.

Por suerte encuentra rápido un sitio donde poder aparcar frente a mi portal, no se lo piensa dos veces y de una sola maniobra estaciona en batería. Bajamos del coche sin contemplaciones ni galanterías llegados a este punto, yo no estoy para esperar tampoco a que venga a abrirme la puerta.

Saco las llaves de mi bolso para abrir el portal con su gran cuerpo pegado a mi espalda y su mano recorriendo mi cintura, una vez estamos dentro la aprieta sobre mi estómago pegando mi culo a su entrepierna para que sienta lo duro y preparado que está, yo me rozo contra su bulto como una gata en celo mientras espero a que el ascensor por fin abra sus puertas. Esta espera está siendo una tortura.

Cuando las puertas se abren entramos sin perder la postura, observo el deseo en mis ojos y el rosado de mis mejillas me delata reflejado en el gran espejo que hay frente a nosotros. Me pierdo en su mirada, con las pupilas dilatadas de tanto deseo acumulado, clavada en la mía mientras devora mi cuello con su boca y sus manos se ocupan de mi cuerpo, una perdida bajo la tela de mi pantalón y rozando el fino encaje de mi lencería; la otra haciendo lo mismo torturando mis pezones sensibilizados bajo el tacto de sus dedos. Apoyo mi cabeza en su hombro dejándome llevar por el saber hacer de esas manos maestras del placer.

Llegamos a la última planta, donde se encuentra mi ático y sale caminando hacia atrás sin soltarme ni dejar de torturarme tan sugerentemente. Abro la puerta a la primera, cosa que me hace sentirme orgullosa porque con el calentón que llevo encima y el temblor de mis manos lo veía realmente complicado, recuerda que soy la mujer más patosa sobre la faz de la tierra.

Álvaro cierra con su pie la puerta de entrada y caminamos sin despegarnos hasta el salón, guiados por la luz de la calle que se cuela entre las blancas y finas cortinas que cubren el acceso que da a la terraza. Deposito mi bolso junto a las llaves sobre la isla central de la cocina que separa las dos estancias.

Me giro para quedar de cara a este adonis de metro ochenta y cinco que tengo frente a mí.

—Bienvenido a mi dulce morada —le digo mientras me deshago de la americana que ya hace rato ha empezado a sobrarme a causa de los calores internos que este hombre despierta en mí.

—Muy bonita. Pero si no te importa ahora mismo solo quiero hacer un tour por tu cuerpo, dejemos la visita por tu casa para después —me dice sin tapujos y directo al grano, cosa que me encanta, para que mentirte.

Este piso, es una maravilla, lo reconozco. Es una herencia familiar de mis abuelos paternos en el momento que nos quedamos las dos solas, después de todo lo que aconteció con Toño, mis padres decidieron reformarlo y cedérnoslo a Alma y a mí.

Espacioso con una gran terraza reacondicionada en una fabulosa zona *Chill-out* sin que le falte el más mínimo detalle, con vistas a la plaza del Zurraque y su precioso parque, dos baños y cuatro habitaciones una de ellas, la más pequeña, convertida en vestidor. Perfecto para nosotras dos. Pero ahora mismo tengo otras cosas en mente y no es haceros un tour por mi piso, precisamente.

Cojo su mano y le dirijo sin tiempo que perder hasta mi dormitorio, entra detrás de mí y aparta por un momento sus ojos de mi cuerpo para hacer un rápido recorrido visual a la estancia. Una gran cama King Size con su cabecero blanco de hierro forjado haciendo conjunto con dos mesitas de noche a ambos lados (regalo todo de Azahara, por lo que deduzco que debe de ser carísimo, lo reconozco), mis sabanas de seda con la colcha en tonos tierra y Beige, el gran espejo de pie con el marco dorado en una de las esquinas de la habitación, mi tocador de madera estilo vintage (también de color blanco) situado frente a la cama con sus grandes bombillas alrededor del espejo, parecido al que tienen las grandes artistas en sus camerinos, un sillón orejero en tono beige con sus florecitas en tonos rosas en otra esquina con la lampara de pie al lado, ahí es donde suelo evadirme del mundo con mis libros de romance que tanto me gustan y ocupan gran parte de la estantería que hay al lado de este y al lado de esta una puerta que da acceso al vestidor que comparto y conecta con la habitación de Alma.

Parece que le gusta lo que ve, de nuevo centra la atención en mi cuerpo.

—Preciosa habitación, no me esperaba menos.

Se acerca hasta mí y me hace sentarme a los pies de la cama hasta quedar tumbada bajo su gran cuerpo, me besa con una pasión desmedida que me hechiza.

Se agacha y me da un mordisquito en un pezón, yo grito. Un dolor punzante me atraviesa el vientre y explota justo en el mismo sitio donde el hábil dedo de Álvaro me regala un inmenso placer, no me preguntes en qué momento se ha deshecho con tanta maestría de mi pantalón porque yo estoy tan excitada y absorta en el placer que me da que ni me he dado cuenta.

Los saca y, mete dos, mi cavidad se expande para hacerle sitio y me derrito. Nota el temblor de mis piernas y me mira fijamente con una sonrisa complacida en su cara al ver el deseo que ilumina mis oscuros ojos. Desgarra de un tirón mi ropa interior de encaje rosa palo y acerca la lengua donde hasta hace dos segundos se movían sus dedos. Me lame de arriba a abajo. Con las manos abre mis labios y succiona ese punto máximo, mi centro del placer, catapultándome a otra dimensión. Jadeo.

—Álvaro... quiero tocarte... —musito, anhelando su miembro entre las palmas de mis manos.

—Ahora me tocarás. Disfruta. Quiero que te deshagas en mis brazos, Rocío.

Vuelve a meter dos dedos, a la vez que chupa mi zona más erógena. Le agarro del pelo y me vuelvo loca. Grito sin contención y mi cuerpo se zarandea al son de un brutal orgasmo. Él sigue lamiendo mi sexo, absorbiendo todo mi placer. Le agarro de los hombros y empujo hacia atrás, le obligo a sentarse con la espalda apoyada en el cabecero y los grandes almohadones. Me subo a horcajadas sobre él, necesito sentirle dentro, agarro su miembro y caigo sobre él, llegando hasta el fondo.

De la garganta de Álvaro escapa un grito gutural, el más sexual que haya escuchado jamás. Echo la cabeza hacía atrás y él me agarra de la nuca con la mano derecha atrayéndome de nuevo hacía su boca. Lame mi labio inferior y me muerde el superior. Sus gemidos chocan con los míos e introduzco mi lengua en su boca paladeando su sabor mezclado ahora con el de mi sexo. Me muevo hacia arriba y caigo de nuevo en un movimiento seco y controlado.

—Quieres matarme, Rocío...

Reproduzco de nuevo el mismo movimiento y ambos gritamos.

—Muévete más rápido o me explotan los huevos.

Hago caso omiso a su petición, subo y bajo sin prisas, pero con mucha fuerza. Los ojos de Álvaro se vuelven de un tono mucho más oscuro. Me agarra de las caderas, se hace con el control de la situación e invierte las posiciones aun dentro de mí, con su cuerpo sobre el mío. Ahora me sujeto con ambas manos a los barrotes del cabecero enredando las piernas en sus caderas para sentir aún más la profundidad de su impresionante miembro que me empala sin compasión.

—Dios... —Jadea en mi oído—. Eres jodidamente perfecta. No pienso salir de tu interior en toda la noche.

—Por la cuenta que te trae. —Consigo decir entre gemidos. Notando como mi orgasmo comienza a expandirse dentro de mi cuerpo—. Álvaro, no puedo más.

—Córrete, conmigo. Ahora —me ordena con una exigencia y con una última embestida que me hace explotar en un increíble orgasmo mientras noto como se derrama en mi interior con un sonido ronco que sale de su garganta de lo más excitante.

Recuperamos el aliento perdido sin despegar nuestros cuerpos abrazados y recorro con mis dedos su ancha espalda perlada por las gotas de sudor a consecuencia del esfuerzo realizado, fijándome detenidamente en sus tatuajes que abarcan su brazo y hombro por completo. Es arte en estado puro.

—Lo siento. No he podido salir a tiempo —me dice con la frente sobre la mía y los ojos cerrados.

—Tranquilo, tomo la píldora. Me preocupa más que no hayamos usado protección. Yo estoy sana, pero no debería haberme dejado llevar tan a la ligera.

—Yo también, estoy sano puedes estar tranquila. Jamás lo hago sin condón con ninguna mujer…

Y ese comentario me hace incomodar. ¿Celos? No, por favor. ¿o sí? Imaginarle haciéndole lo que acaba de hacer conmigo con otra que no sea yo, me enfurece. Lo reconozco.

Me revuelvo incómoda bajo su pecho intentando escapar de su cuerpo sin éxito. Agarra mis manos sobre mi cabeza con sus grandes manos y me obliga a mirarle a los ojos.

—Rocío, mírame —me exige y yo le miro—. Para mí esto no es solo sexo.

Me atraganto con mi propia saliva. Toso y él se asusta.

—Estoy bien.

—No pienso salir con otras ni ver a ninguna más mientras estemos juntos. Espero que tú hagas lo mismo.

—Sí… —digo con la boquita pequeña.

—No te veo muy convencida, será mejor que… —Ahora el ofendido parece ser él, que me suelta y se sienta dándome la espalda en el borde de la cama.

—Álvaro, yo tampoco voy a salir con nadie más que no seas tú mientras estemos juntos —le aclaro mientras me incorporo cubriéndome con la fina sabana y apoyando mi cabeza en su hombro.

—Llámame loco, pero aún no ha empezado esto y ya estoy en modo posesivo contigo, no puedo controlar mis instintos cuando se trata de ti. ¿Qué me está pasando? —se lleva las manos a la cabeza y tira ligeramente de su pelo.

—Estás loco, tienes razón. Te advierto de que odio las posesiones, vas a tener que controlarlas. Yo también siento algo parecido contigo. Tendremos que contenernos los dos si queremos que esto salga bien. —Beso su espalda desnuda.

Se gira y sin esfuerzo alguno con su fuerte brazo me coge de la cintura y me hace sentarme sobre sus piernas a horcajadas, con su mirada penetrante clavada en la mía y otra cosa entre sus piernas que comienza a clavarse entre las mías. Pero qué capacidad de recuperación tiene este hombre, me encanta.

Me besa con dulces y pequeños besos todo el rostro sujetando mi cabeza entre sus enormes y cuidadas manos.

—Saldrá bien. Ya lo verás...

Y su confianza al decirlo me hace creerle sin objeciones, me abrazo a su cuerpo como respuesta y comienzo a lamer y besar su cuello, aspirando el aroma tan embriagador que desprende.

Durante toda la noche me hace vibrar en todos los sentidos, y aunque esto no salga como esperamos, entre las sábanas es mucho mejor de lo que llegué a imaginar.

¡Amén, Álvaro!

18

Mi despertador resuena en la oscuridad de mi habitación, como siempre a las 06:00 AM. Intento moverme para alcanzarlo y desactivarlo, pero un fuerte y tatuado brazo me tiene muy sujeta a su cuerpo para que no pueda despegarme de ese cuerpazo que descansa abrazado a mi espalda. El calor de su cuerpo me hace estar tan a gusto que no me levantaría de la cama en todo el día, pero recuerdo que Alma debe estar a punto de llegar para recoger sus cosas y cambiarse antes de ir al instituto.

—Mierda. Tengo que darme prisa.

Murmuro en voz baja sin saber cómo despertar al bello durmiente. ¿Tendrá buen despertar? ¿O será de los que se levantan en modo mute? Pues tendré que averiguarlo.

—Álvaro —me giro quedándome embobada con la paz que transmite durmiendo. Parece sacado de un anuncio de perfume caro, tan guapo e irresistible—. Álvaro, despierta.

Un sensual ronroneo escapa de su garganta a la vez que abre con pesadez un ojo y me sonríe dulcemente. Es de los de buen despertar, me encanta.

—Buenos días, nena.

—Buenos días, bombón. Siento despertarte, pero Alma está a punto de llegar y por más ganas que me den de quedarme retozando contigo toda la mañana, el deber me llama. —Consigo decir a duras penas, ya que de un rápido movimiento me ha colocado encima de su cuerpo y ha comenzado a besar mi cuello provocando gemidos y suspiros a cada beso que deposita.

—Yo también, me quedaba de buena gana a tu lado sin dejarte respirar entre gemido y gemido. me encanta el sonido que haces cuando te doy placer. —Su mano no deja de apretar mis nalgas mientras su miembro se frota contra mi entrepierna saludándome con su alegría matutina—. Pero me temo que el deber también me debe de estar acechando en cuanto encienda el teléfono.

—Otra cosa, no sé. Pero a currantes no nos gana nadie. —Miro sus ojos y sonrío embobada—. ¡Eres irritablemente perfecto hasta recién despertado, no es justo! —me quejo medio en broma, medio en serio, porque de verdad... ¡Qué envidia!

—No digas tonterías, estás preciosa hasta recién levantada —se lanza a mi boca, pero rehúso su beso.

—No, no... Besos sin pasar por el baño antes, jamás. Perdería todo mi encanto si mi aliento mañanero invadiera tu boca —digo cubriendo mi boca con la mano rápidamente.

—Eso tendré que decidirlo yo.

Forcejeamos entre risas y cuando estoy a punto de darme por vencida, escuchamos como la puerta de casa se cierra de un sonoro portazo.

—Mierda, es Alma. Silencio —le ordeno levantándome rápidamente de la cama y entrando en el baño. Le dejo en la cama con cara de no saber dónde meterse. Está para comérselo...

—Mamá —grita Alma mientras la escucho avanzar por el pasillo—, ¿dónde estás?

—Estoy en mi baño, cariño. Ahora salgo.

Me aseo rápidamente, desenredo mi pelo con los dedos como puedo y me peino con un moño alto cubriendo mi cuerpo con el albornoz de «la vecina rubia» que Alma me regaló para el día de la madre. Salgo a su encuentro interceptándola antes de que abra la puerta de mi habitación y se encuentre con algo que seguramente para su vista es un regalo, pero no para su orgullo de hija.

—Hola, mi amor. Date prisa o llegarás tarde a clase.

—Solo tengo que cambiar los libros de la mochila —me mira entrecerrando los ojos como si me hubiera pillado... Tonterías, es imposible, Rocío.

—Te preparo el desayuno y me cuentas como fue ayer. —Eso no falla, la conozco como si la hubiera parido...

—Maravillosa idea. —Entra en su habitación y yo respiro aliviada.

Abro la puerta de mi habitación, aprovechando que ella está distraída y contengo la risa la ver a Álvaro corriendo de un lado a otro sin saber dónde meterse, le hago señas para que espere dentro hasta ella se marche y él me hace un gesto afirmativo con la cabeza. Pobre está de los nervios, me rio por lo bajini cerrando la puerta a mis espaldas.

Después de una buena dosis de café y unas tostadas con aceite, Alma se despide de mí para irse a clase. Me acaba de poner al día sobre lo bien que lo pasó con Isaac y las ganas que tiene de volver a verle.

—Me voy a clase. ¡Ya puedes salir, Álvaro! No me he caído de un pino —me guiña un ojo con su sonrisa traviesa y sale sonriente cerrando la puerta a su espalda.

—La madre que la parió, que lista es —me llevo las manos a la cara sin poder parar de reírme.

Entro a la habitación y me encuentro con la cama perfectamente hecha y sin rastro de Álvaro a la vista.

Escucho ruido en el baño y me visto rápidamente con unos vaqueros y una blusa blanca de media manga, me coloco mis deportivas y a través del espejo veo el maravilloso reflejo de ese adonis cruzado de brazos, vestido y una media sonrisa traspasándome a conjunto con su mirada seductora.

—Nos ha pillado.

—Ya me he dado cuenta ya... Es igual de perspicaz que su madre.

—Demasiado, quizás —le sonrío.

—Me ha gustado saber que lo pasó bien con Isaac.

—¡Oye! eso no se hace, no se escuchan conversaciones ajenas a escondidas —me cruzo de brazos para intimidarle.

—No he podido evitarlo, hablabais de mi hermano...

—¿Qué has escuchado? —Achino los ojos para que confiese.

—Nada malo. Eso es lo que importa —se aproxima a mi cuerpo con una insinuante mirada y me rodea con sus brazos—. Estás preciosa, por cierto.

—Qué zalamero eres. Tengo que irme al taller sino te iba a dar yo a ti una lección para que no vuelvas a escuchar a hurtadillas —me pongo de puntillas para alcanzar sus deliciosos labios y con mis manos rodeo su cuello, sellando con un pasional beso esos labios.

—Si piensas enseñarme a base de estos besos, te advierto que volveré a hacerlo una y mil veces más.

—Tú mismo.

No me voy a recrear en lo que ha pasado después, porque se me suben los colores (y los calores) de nuevo. Solo os diré que con lo mona que yo iba, mi ropa y la suya han terminado tiradas de mala manera en una esquina de la habitación. Sus manos marcaban los embistes mientras clavaba sus dedos con fuerza en mis caderas y nuestras miradas se mezclaban con nuestros gemidos siendo el espejo testigo de ese gran momento.

Llego con la lengua fuera al taller, al final se me ha hecho tarde y os podéis imaginar cómo está el tema cuando entro resoplando por la puerta. Ni que decir tiene que soy el centro de las miradas de mis dos Marys que con una sonrisa triunfante en la cara me indican que quieren un informe detallado de todo lo que ha pasado en las últimas veinticuatro horas. No me voy a poder escaquear de este interrogatorio lo sé, pero cuento con la ventaja de que el día pasa rápido y la faena no cesa hasta bien entrada la tarde ¡Bendita semana santa y los cientos de encargos que tenemos pendientes de realizar!

19

Con el ego por las nubes y un brillo en la cara descomunal, pasamos el día entre risas, comentarios y escaqueándome cada vez que Yeray o Candela intentan indagar en todo lo acontecido en este fin de semana. Normal por su parte, sí. Pero aquí estamos para trabajar no para cotillear sobre mis amoríos, de eso ya tendremos tiempo al cierre.

Cuando pienso que el día no puede ir a mejor, la voz de Yeray me saca de mi mundo para que atienda a la última persona que menos me apetece ver en este momento. Tendré que tirar de falsedad. Yeray me mira de reojo "Será mala pécora, ¿cómo me ha hecho salir la muy japuta? está me la pagas" parece que me lee la mente por que niega con la cabeza y se santigua rápidamente antes de desaparecer tras la cortina que da a la trastienda.

Me armo de paciencia y me dirijo con paso seguro hasta donde está la persona non grata, de espaldas y con sus manos sobre uno de mis diseños que viste el maniquí de la entrada.

—Hola, Marta. ¿Qué te trae por aquí? ¿Cuánto tiempo sin verte? —Intento parecer feliz por encontrarme con mi vieja compañera/amiga de clase, pero casi me hace vomitar con el aire de superioridad que desprende. ¡Bicha mala!

—Rocío, ¡qué alegría verte! Pasaba por aquí y he pensado en entrar a saludarte. Bonito diseño, ¿es tuyo o es un encargo para entallar de alguna clienta?

—Sí, es mío. Es una muestra de mi próxima colección. ¿Los tuyos qué tal? ¿Se venden mucho?

¿Cómo se van a vender sus diseños si no terminó de estudiar? La muy mala pécora solo consiguió pasarse por la piedra a medio instituto.

—No, cariño. Yo los llevo, me los prestan para que los luzca y así darles popularidad. Quizás te apetezca que dé a conocer alguno de tus diseños para que así puedas conseguir de una vez por todas tu sueño frustrado. —Lo que os decía, es una maldita zorrupia.

—No hace falta, gracias. Ando muy liada con la nueva colección para la presentación del nuevo disco de Lin Cortes, será una maravillosa oportunidad para nuestro taller. Si no te importa, tengo que irme, no damos abasto. Gracias por pasar a saludar.

Ahora sí que la sangre me hierve, pensarás que soy una desagradecida por rechazar tal propuesta, pero eso es lo que ella quisiera, poder alardear de que yo triunfé (porque lo conseguiré, seguro) gracias a su colaboración conmigo. Ni muerta, antes vuelvo al taller de Manolita a coser delantales. Aquí, la menda, cazó a un famosillo del tres al cuarto y decidió dejar los estudios para meterse en el mundo del faranduleo que tanto le gustó desde adolescente. Con tan "mala" suerte que el susodicho le puso la cornamenta con medio Madrid, ella tiró de pena y drama para hacerse hueco en un programa de esos de entretenimiento para encontrar el amor. Qué conste que yo no soy partidaria de ver dichos programas, pero Alma, como buena adolescente sí que lo hace.

De niñas fuimos buenas amigas ya que nuestros padres pasaban veladas juntos, en su casa o en la nuestra. Una niña pija desalmada, que siempre quería ser mejor que yo en todo y andaba detrás de cualquier chico que despertara mi atención. También babeaba por mi hermano Sergio, intentando cazarlo a toda costa, menos mal que él nunca cayó en sus juegos de provocación.

Ya en la adolescencia me las hizo pasar muy putas cuando conocí a Toño y siempre fue el corre ve y dile de mis padres. Menos mal que se fue a Madrid al poco tiempo de que empezará con él, o la hubiera dejado calva con tanto roneo por su parte.

Doy media vuelta, con una sonrisa victoriosa en mi cara y con la boca de ella que casi llega al suelo. Escucho que la puerta se abre a mis espaldas. Un escalofrío recorre mi nuca cuando ese perfume varonil llega a mis fosas nasales, mi hombre. Escucho la voz chillona de Marta, saludarle con efusividad.

—Álvaro, qué alegría volver a verte. Esperaba tu llamada para esa cena que tenemos pendiente, ¿recuerdas? —Ahora sí que la cojo y la dejo calva, aprieto los puños a ambos lados de mi cuerpo y me tenso solo de pensar que haya podido tener algo con él.

—Hola, Marta. Ando muy liado como siempre. Mi poco tiempo libre ya tengo con quien ocuparlo. Cuídate.

Esto sí que debe ser un espectáculo para la vista, sin tiempo que perder giro sobre mis talones y juro que puedo ver como la cabecita de esa lianta está que echa humo. Álvaro me mira con esa mirada seductora acompañada de una sonrisa que me desarma y me contagia. Le sonrío de la misma manera y en dos grandes pasos está frente a mí con sus manos en mi cintura y atrayendo mi cuerpo al suyo, dejándome sin palabras con un pasional beso en mis labios a modo de saludo.

—Buenas tardes, preciosa. ¿Qué tal tu día? —me pregunta una vez separamos nuestras bocas.

—Ahora mucho mejor. ¿Y el tuyo? —me intereso.

—Mucho mejor también ahora. He pasado a saludarte antes de ir a casa de mi padre, tengo cena familiar y necesitaba verte.

El teléfono suena haciéndome volver a la realidad. Miro a mi alrededor y veo a las Marys cogidas del brazo detrás del mostrador con cara de embobadas contemplando la escena. De Marta ni rastro, no sé en qué momento ha desaparecido del taller. Para ser sinceras, poco me importa si te digo la verdad.

—Tengo que contestar, en seguida vuelvo —las miro y advierto antes de desaparecer—. Portaros bien con él.

Me adentro en mi zona para descolgar la llamada, y dejo a mi Dios griego hablando animadamente con Yeray.

—Azahara, perdona que no te he llamado en todo el día. No sabes el día de locos que llevamos por aquí —me escuso antes de que me avasalle con su verborrea porque no le he contado nada de mi cita con Álvaro.

—Te perdono, si me invitas a cenar y me lo cuentas todo con lujo de detalles esta noche.

—Pero ¿cómo voy a hacer eso con Alma delante? —me rio, aunque termino aceptando. Soy una blanda—. De acuerdo, te invito a cenar, cariño. Nos vemos en casa, Alma no llega hasta las 9 de la academia de baile, tenemos tiempo. Yeray se apunta seguro. Tengo que colgar Álvaro está aquí, luego te cuento.

—Serás... De acuerdo. Llevo vinito y gambas de Huelva. Reunión de chicas, me encanta. Te veo en un rato, corazón.

Colgamos y salgo de mi templo sonriente para terminar de recoger todo el desorden del día junto a Candela y Yeray, cosa que Álvaro ya está haciendo junto a ellos para mi sorpresa.

—Yo si fuera tú, no le acostumbraría a esto o te veo aquí cada tarde —le digo a mi chico mientras señalo a Yeray con la cabeza.

—Solo estaba haciendo tiempo para despedirme de ti. Tampoco viene mal una manita de ayuda.

—Pero que apañado eres, Álvaro —lo elogia Yeray pasando tres pueblos de mi cara.

Después de despedirme de mi hombre, como Dios manda, en la intimidad de mi refugio, me reúno de nuevo con mis Marys y las encuentro cotilleando, para variar, se callan nada más verme aparecer. No parecen muy contentas.

—Vaya locura de día, ¿no? —digo haciéndome la sueca, sé perfectamente porque están así. Pero voy a hacerles sufrir un poquito más.

—Pues sí, Mary. Loca me tienes tú a mí con tu mutismo y con esta visita inesperada. —Yeray no aguanta más y su tono se ha elevado con la última frase que ha pronunciado—. Habla de una vez, por Dios, que bastante intriga llevamos con todo este follón y ahora encima te haces la loca y sigues sin soltar prenda.

—Jefa, por favor. Entiéndenos, necesitamos saber que ha pasado... Aunque tu tez radiante y esos besos nos dan muchas pistas. —Sonríe Candela con cara de traviesa.

—No vas mal encaminada, campanilla. Es evidente. —Sonrío abiertamente—. Pero ¿qué os parece si nos vamos a casa, os invito a cenar y os pongo al día junto a Azahara? Así no tengo que repetir la misma historia dos veces.

—Of course, Mary. Cena gratis y reunión de cotorras, no me lo pierdo.

—Yo había quedado con unas amigas, pero no me lo pierdo tampoco. Ahora mismo las llamo y me escaqueo. Vamos, vamos. —Candela no se pierde un buen salseo, eso ya lo sabía yo.

—Pues espabilando. Nos vamos que mi hermana estará al caer y quiero desahogarme a gusto antes de que llegue Alma.

Recogemos lo poco que queda en un santiamén al son de *María Peláe*, y sus nuevos temas sonando a todo volumen, mientras nosotras intentamos seguir sus letras a la velocidad que ella las canta, todo un reto que nos hace descojonarnos de la risa.

Cerramos el taller y salimos las tres Marías juntas en dirección a mi casa. Estoy agotada, por lo que les aviso que pediremos algo para cenar, no tengo el cuerpo para jugar a ser

Master chef esta noche y ellas aceptan encantadas, mientras haya vino y gambitas de Huelva nadie pasará hambre.

Cuando llegamos a mi portal Azahara está esperando cargada con nuestra dosis de alcohol y ese manjar que huele de maravilla.

—Por Dios, Ro. Ábreme la puerta ya. Qué tengo a todos los gatos de Triana haciendo fila y me da mucha grima —me grita nada más verme girar la esquina.

—Exagerada eres, chiquilla. Trae que te ayudo —le dice Yeray mientras la saluda con un beso en la mejilla.

—No es broma, os lo juro, uno de ellos hasta me ha hecho reverencias al pasar —dice muy seria haciendo que estallemos en sonoras carcajadas—. Candy qué ilusión verte, cuánto tiempo.

—Sí, qué es verdad. Pero eso tú, que no te dejas ver últimamente —contesta sonriente mi Candelita—. Tenemos mucha plancha, amigas. Empezamos con la jefa, antes de que llegue la junior, y luego nos lanzamos a cotillear.

—Nos van a dar las mil. Otra noche sin pegar ojo, verás —me quejo en voz alta haciendo que todas me abucheen a sabiendas de que la falta de sueño de anoche no me hizo quejarme, no me comparéis—. Anda, vamos, que sino mañana salimos en el *vecidiario* de las vecinas cotorras.

Una vez instaladas en el sofá, descalzas y con nuestras copas bien recargadas de vino, acompañadas de su correspondiente manjar, me lanzo a contarles con todo lujo de detalles todo lo sucedido desde que llegué a casa de mis padres hasta el día de hoy. No me guardo nada en el tintero, ya me vais conociendo y con una copita en la mano mi lengua se suelta, ¿qué le vamos a hacer? Estoy en mi círculo de confianza me puedo explayar de lo lindo.

No me interrumpen solo se escucha mi voz, risas, suspiros cuando me pongo tierna con la escena del parque y el sorber de sus bocas con las cabezas de las dichosas gambitas. Yeray entra en modo "T.O.C" cuando empiezo a relatar las habilidades sexuales de ese adonis, de tanto santiguarse con ese olor en sus dedos, este sí que tiene fila de gatos de camino a su casa siguiéndole el rastro.

—Mary, anda, y ahora vamos a hablar de la visita que has tenido esta tarde antes de que ese machomen que te lleva a las nubes apareciera... —la visita de Marta, es verdad. Con lo tranquila que estaba yo, un nudo de nervios se posa en mi estómago.

—¡Mierda! Lléname la copa, anda. —Miro a Yeray y le tiendo mi copa vacía a Azahara para que me la recargue.

—¿Quién ha ido, Ro? —se interesa mi hermana.

—La pija de Marta ha pasado a "saludarme". Por si no fuera poco el asco que le tengo, justo cuando ya se marchaba ha llegado Álvaro y no sabes como lo ha mirado. Le ha dicho que cuando le va a invitar a esa cena que tienen pendiente.

—No me jodas. Esa mala pécora no deja títere con cabeza. —Mi hermana tiene razón.

—Sí, eso me temo. Pero Álvaro la ha dejado con un palmo de narices cuando le ha dicho que no tiene tiempo para ella porque su poco tiempo libre ya tiene con quién ocuparlo. —

Sonrío victoriosa y añado—. Acto seguido me ha dado un beso de película delante de sus morros inyectados de silicona.

Todas aplauden y ríen haciendo mil bromas sobre cómo tiene que estar ahora la susodicha. No me cabe duda de que a estas alturas ya vuelvo a ser la comidilla de Sevilla gracias a Marta. Pero sinceramente me la trae floja, tarde o temprano lo mío con Álvaro saldrá a la luz.

—¿De hambre cómo vamos? Porque yo necesito comer algo, ya —digo por fin.

—Eso mismo iba a decir yo ahora. —Sonríe mi dulce Campanilla—. Pide y ahora os pongo al día, que yo también tengo cotilleos frescos.

Nos debatimos sobre que pedir de cenar cuando la puerta de casa se abre y aparece Alma, agotada pero feliz, su iluminada sonrisa se centra en nosotras y se cruza de brazos haciéndose la indignada.

—Fiesta, ¿y no avisáis? Me parece fatal… —nos señala una a una entrecerrando los ojos, para detenerse en su tía—. Y tú ya podías haberme avisado esta tarde, ¿no?

—Almita, mi amor. Teníamos temas pendientes con tu madre, no seas así, que sabes perfectamente que no hubieras renunciado a tus clases de baile por estar con estas carcas. —Ella asiente y parece que acepta sin rechistar.

—Ya podéis pedir algo bien rico de cenar porque vengo muerta de hambre, voy a la ducha y vengo. Puedes seguir relatando tu noche de desenfreno con el "buenorro" de mi cuñado. ¿Por qué no sé si habéis caído en ello? Pero ahora tenemos más vínculos que el de madre e hija. —Estalla en una carcajada mientras nos deja a todas con la boca abierta. Así es mi hija... No da puntada sin hilo.

—Tendrá malaje, la jodía. Niña, como vaya para allí vas a enterarte tú de lo que vale un peine. Ya puedes darte prisa que si te piensas que hemos venido aquí solo por tu madre... Vas apañada —le grita Yeray viendo como desaparece por el pasillo—. Ya puedes venir a contarle a tus tías como fue ayer esa cita.

—Mary, no me la calientes más. Estamos creando un monstruo. Luego nos quejamos —les digo haciendo un mohín infantil para intentar darle ímpetu a mis palabras.

—Cariño, eso se lleva en los genes. No nos eches la culpa ahora a nosotras. ¿Qué esperabas? Desde niña ha estado siempre rodeada de nosotras y nuestras historias de no dormir, más que de jugar en los parques con las niñas de su clase. Siempre ha sabido elegir bien a sus compañías. —Azahara me guiña un ojo. ¿El babero, por favor? Por aquí anda suelta una tía con mucho orgullo propio. Lo que yo os diga, me merezco un paso como nazareno en la Hermandad del Calvario.

—Pidamos la cena, antes de que salga Belcebú y se dé cuenta de que no tiene nada que llevarse a la boca. Os recuerdo que mi hija con hambre es un peligro, no cal que os ponga en antecedentes.

—No cal que lo recuerdes, ya nos acordamos de los berridos que daba cuando el biberón no estaba preparado a tiempo. —Ahora la tía guay se lleva las manos a la cabeza—. Yo quiero japonés, ¿qué os parece?

—Buena elección, voy a ello.

Cuando Alma sale de la ducha todas estamos expectantes porque nos ponga al día de su cita con Isaac, tengo que reprimir las ganas de hacerme el harakiri con el sacacorchos del vino, escuchando como las locas de mis amigas quieren entrar en detalles sobre si se han besado o le ha metido mano en la oscuridad del cine, vale... Yo también fui joven y sabe Dios como me ponía las botas con Toño, pero mi hija... NO, por ahí NO paso.

Por suerte el repartidor llega a tiempo antes de que me lie a leches con ellas y me quede más sola que la una.

Yeray, que es muy de pervertir a cualquier hombre que se cruce en su camino, no nos deja salir a recoger el pedido. Allá va él con sus calzoncillos blancos con corazones rojos (sí, se ha desvestido en un abrir y cerrar de ojos) y una toalla en el pelo a modo de turbante para provocar con su descaro que ese pobre chico no quiera volver a esta dirección de entrega nunca más.

No podemos parar de reír a carcajadas cuando, escondidas (como ratas de cloaca), para que no nos vea el pobre pimpollo tras el tabique que separa el comedor del pequeño pasillo que da al recibidor. Escuchamos al joven tartamudear y rechazar la invitación de nuestra amiga loca para que cene con él. No me extraña... Imagina que estás trabajando, entregas un pedido y te sale un maromo de esa guisa diciéndote que ha pedido tanta comida para que tú le acompañes en su triste soledad mientras cena. Pues eso, que sales por patas y no quieres: ni propina, ni volver por esa dirección jamás.

Recompuestas del ataque de risa cenamos juntas y terminamos de ponernos al día las unas a las otras. A las once decido que ya es hora de dar por concluida la noche de los "chuminos" cada mochuelo a su olivo. Qué mañana será otro día y la faena no espera.

Una vez doy las buenas noches a Alma que está igual o más cansada que yo, me meto por fin entre mis sabanas e intento cerrar los ojos para dormir, pero el sonido del móvil de Alma no cesa, no me hace falta ser muy lista para saber que es con Isaac con quien intercambia tanto mensajito.

Y celosona como yo sola, decido recurrir a mi hombre para mensajearme con él y darle las buenas noches. Ya que no puedo tenerlo en carne y hueso, al menos que pueda tenerlo de esta manera.

Buenas noches, precioso. Por fin en la cama... Por cierto, parece que estés aquí a mi lado porque las sábanas guardan todo tu perfume. No es justo que no estés aquí. Y tampoco echarte de menos, aún no me lo explico. ¿En solo 24 horas tanta necesidad?

Me tapo con la almohada muerta de la vergüenza intentado silenciar el gritito de adolescente enamorada que sale de mi garganta, ¿será posible que haya enviado semejante mensaje? Pues sí, esa es mi nueva yo.

20

ÁLVARO

Salgo de casa de Rocío con una sonrisa dibujada en la cara, sin duda empezar la semana de esta manera y con ella. Por fin, a mi lado me hace verlo todo de otra manera. Subo a mi coche y pongo rumbo a la oficina, ubicada en mi nueva discoteca, voy a gestionar desde allí todo lo que me espera esta semana. Subo el volumen de la radio y la voz de *Galvan Real* cantando *Azahara*, me acompaña durante parte del trayecto.

Llego a mi destino y entro por la puerta trasera subiendo hasta la planta superior, al entrar en mi despacho me acuerdo de la última noche que estuve aquí con una sonrisa, mi entrepierna da una sacudida al recordar el momento de intimidad que tuve con Rocío. Por desgracia recordar como terminó la noche y verla después con mi primo Manuel, me la baja de un plumazo.

Tengo que hablar con él, ya puede retirarse por la cuenta que le trae de esta conquista, porque ahora está conmigo y sé muy bien cuales con sus tácticas de galán cuando una chica le gusta. No le dije nada y él se explayó en contarme como le gustaba "mi chica" no fui capaz de contarle toda mi historia con ella, simplemente permanecí en silencio apretando los puños preso de la ira que me recorría el cuerpo.

No solo tenemos una conversación pendiente por el tema de ella, sino también por la que me ha liado con Ramón y su gente, ellos no se andan con rodeos. Localizo mi teléfono y marco el número de Manuel, pero tras varios tonos no contesta a mi llamada.

Me concentro en ultimar los diferentes eventos programados para la Semana Santa, ya que desde que mi madre falleció la cofradía cuenta con mi familia siempre para ayudar en los pasos.

Subvencionamos la preparación de todo y somos parte de la junta directiva que se encarga de que nada falle en estas fechas tan importantes. Una vez llega el gran día nos instalamos en nuestro piso, situado cerca de la Catedral, y desde el gran balcón con vistas a la Carrera Oficial, disfrutamos de toda la emoción que esos días nos embarga. Y este año pienso tener conmigo a Rocío y Alma, las alojaré allí durante los días más señalados y sentiré junto a ellas ese orgullo por nuestras procesiones.

Mi teléfono comienza a sonar en el bolsillo trasero de mis vaqueros y compruebo muy a mi pesar que no es la persona que esperaba sino mi antiguo socio Ramón, parece que el problema que ha creado Manuel va a traer consecuencias. Cuando dejo el tema medio arreglado le propino un golpe a mi mesa preso de la rabia. Mi mente maquina a toda velocidad soluciones para poder resolver la que se nos viene encima en la mayor brevedad posible. Y hablando del rey de Roma, por la puerta asoma.

—Buenos días, primito. ¿Cómo se presenta la semana? —pregunta Manuel.

—Buenos días, Manuel. Te he llamado y no contestabas —respondo serio mientras tomo asiento tras mi gran mesa de caoba—. He tenido noticias de Ramón, te quiero disponible a todas horas para mí. Hasta que no solucionemos la que has liado no vas a descansar.

—Ya te he dicho mil veces, que lo siento y que yo mismo lo solucionaré. Deja de darle vueltas.

—¿Tú eres consciente del lío en el que nos has metido? Y no solo a mí y a esta familia, sino también a los Montes. Esto es una cagada monumental, Manuel. —Mi voz ha ido ascendiendo a la vez que mi enfado.

—Don perfecto, nunca se equivoca. Todo estaba bien planeado, no sé qué pudo fallar, lo hice por nosotros.

—¡No me toques los cojones! Te recuerdo que todo esto es mío, tú no eres nadie para tomar esas decisiones sin mi consentimiento. Sabes de sobras que ya no nos dedicamos a ello. ¿Qué pretendías? ¿Qué acabáramos presos Rafael y yo? —me he incorporado y ahora estoy frente a él con mi frente apoyada en la suya y con los ojos inyectados en sangre por la ira que me recorre. Sería capaz de estrangularle ahora mismo pero los años me han ayudado a controlar la ira y no resolverlo todo a base de golpes.

—Sé de sobras que todo esto es tuyo, pero yo soy parte de ello y la persona que te ha salvado el culo en millones de ocasiones. No me toques lo cojones tú a mí. Si caes tú, caemos los dos y créeme no es mi intención pasarme media vida entre rejas.

Nos retamos con la mirada, hasta que el teléfono comienza a sonar de nuevo encima de mi mesa. Resoplo exasperado y me doy la vuelta para atender la llamada sin perderle de vista.

Cuelgo la llamada soltando un improperio y me apoyo en el borde de la mesa con las manos sobre ella y la cabeza agachada para poder poner orden a mis pensamientos dando la espalda a Manuel.

—Déjame solo —le digo sin mirarle—. ¡Ahora!

—No me jodas, Álvaro.

—¡He dicho que ahora, no sigas tentando a tu suerte! —Vocifero fuera de mí.

Manuel no rechista más y sale de mi despacho, la cabeza me va a mil por hora. Intento serenarme, me levanto y me sirvo una copa, no son horas de beber ya que ni siquiera he comido aun, pero en estos casos el sabor fuerte del licor es lo único que puede serenarme. ¿Cómo voy a sobrellevar esta situación a espaldas de Rocío? Ella no aceptará esta doble vida que he llevado hasta hace relativamente poco tiempo. De momento la mejor opción es dejar que las cosas se solucionen a su tiempo y llegado el momento, si procede ya la pondré al día.

Paso el resto del día haciendo llamadas a todos mis contactos de la costa para localizar el cargamento extraviado, pero no consigo mi propósito. Tengo que viajar a Cádiz y reunirme con Ramón, soy consciente de ello. Tras varias llamadas he tomado la decisión de que en cuanto pase la Semana

Santa, si no lo conseguimos, yo mismo iré a remover cielo y tierra hasta que dé con lo que nos han robado.

A las seis de la tarde, me voy directo para el taller de Rocío. Necesito verla antes de que acabe el día, no he tenido tiempo de hablar con ella y necesito saber que todo lo vivido ayer no ha sido un sueño. Ella es mi anclaje al mundo real, es la persona que puede sacar lo mejor que llevo dentro y sus besos son mi calma. Puede parecer precipitado, lo sé, pero créeme cuando pasas años soñando con la misma persona y el destino te la pone de nuevo cuando estás preparado para darlo todo por ella... Solo te queda dejarte llevar, agradecer y no cagarla.

Para coincidencias del destino cuando entro por la puerta del taller está allí la pesada de Marta. No puede ser, nos lo hemos pasado bien un par de noches, para que decir lo contrario. Tampoco soy de piedra y he tenido a muchas mujeres en mi alcoba por distracción y los instintos primitivos de cualquier hombre. Pero ella quiere más y no se da por vencida, no le basta con que la ignore y no conteste a sus llamadas ni mensajes. Pero insinuar delante de Rocío que entre ella yo y yo hay algo más, eso no pienso tolerarlo. Por lo que decido hacerla entender que conmigo ya no tiene nada más que hacer dejando claro, con mis palabras y mis actos, que mi corazón está ocupado y solo tengo ojos y manos para una persona. Sé que no se dará por vencida fácilmente pero tampoco me preocupa, en cuestión de días con sus antecedentes ya tendrá otro en quien centrarse.

Después de ayudar y reírme un rato con Yeray y Candela, la chica que trabaja para ellos en el taller. Me como a besos a

Rocío y salgo en dirección a casa de mi padre para cenar en familia. Entro en la finca conduciendo y antes de bajar del coche compruebo en el espejo que la sonrisa de bobo me ha acompañado durante el trayecto. Rápidamente se me borra cuando veo a Manuel esperándome en la puerta de entrada, decido que en casa todo lo relacionado con los negocios queda fuera de ella. Pero claro ahora tenemos otro tema entre manos, es el momento de hacerle saber lo que Rocío y yo tenemos.

—Buenas noches, primo —le saludo—. Vamos dentro.

—Buenas noches. Te estaba esperando, Álvaro. Quería pedirte perdón por lo de hoy. Sé que sin ti no sería nada, y me duele haberte fallado de esta manera. Por favor, solo quiero que estemos bien, como siempre. Haré lo que sea necesario.

—Ya no tienes que pedir más perdón, Manuel. Yo también he perdido las formas, ya está hecho y de nada me sirve querer arrancarte los huevos cada vez que esto me dé un dolor de cabeza. Ahora tenemos que centrarnos, mano a mano, en solucionar esta mierda y una vez solucionado. Nunca más equivocarnos.

Nos damos un abrazo y entramos en casa. Mi padre junto a Isaac, charlan divertidos con una copa de vino tinto en la mano sentados en el salón.

—Buenas noches ¿Qué nos hemos perdido? —le interrumpo antes de darles un beso a modo de saludo a cada uno.

—Buenas noches, hijo. Tu hermano que está enamorado hasta las trancas de la nieta de Rafael Montes. No te parece maravilloso. —Isaac me mira expectante, ahora es cuando llega mi momento.

—Sí, que es maravilloso. Has tenido suerte hermanito, es preciosa y me consta que muy buena chica. —Intento callarme lo mío, de momento.

—Vaya, enano. Que callado te lo tenías, ¿me he perdido algo más? —Manuel revuelve juguetón el pelo de Isaac—. Ya puedes contármelo todo, hermanito.

—Bueno, bueno dejaros ya de coñas. Que no soy el único que ha caído en las redes de las Montes, ¿verdad, Alvarito?

Ahora todas las miradas se centran en mí, no soy dado a hablar de mujeres, me incomoda. Pero por suerte aparece mi salvadora: Soledad.

—Pero, bueno, si han llegado ya mis hombres guapetones. Venga todos a cenar, dejar de darle a la sinhueso.

Besa nuestras mejillas y nos abraza para guiarnos hasta el comedor exterior donde un banquete nos espera. Soledad, es como una madre para nosotros. Llegó a nuestro hogar para encargarse de todo lo relacionado con la casa que mi padre, sin mi madre, no fue capaz de sobrellevar. Es como una matriarca para nosotros y gracias a ella mi padre ha vuelto a sonreír, no digo que su amistad vaya más allá, pero soy consciente de que la manera en la que se miran no solo refleja cariño y admiración mutua, pero ellos sabrán ya les llegará su momento si ellos así lo deciden. Mientras que mi padre sea feliz, yo lo seré también.

Nos sentamos a cenar en familia, y no puedo seguir ocultando más lo que ha dejado caer momentos antes Isaac, por lo que me lanzo a explicar mi relación con Rocío. Mi padre brinda junto con Soledad feliz de que por fin haya encontrado a una buena mujer para sentar cabeza, Isaac sigue con sus coñas de hermanos-cuñados a partir de ahora. Y Manuel... bueno, sé que a él no le ha hecho gracia haberse quedado sin lo que él pensaba que sería su última conquista, pero también se alegra por mí y entra a la coña junto con Isaac a mi costa.

No me importa ser objeto de sus risas, y creo que soy el más sorprendido al darme cuenta de que algo en mi carácter rancio está cambiando y todos somos conscientes de que es gracias a una persona, Rocío.

21

ALMA

Durante la última semana, nuestra vida se ha convertido en una telenovela romántica. En casa el amor se palpa en el aire. Mamá y Álvaro son ideales, de verdad. Caminan cogidos de la mano, no pueden parar de besarse y él ya pasa alguna que otra noche en casa. Por mi parte, Isaac y yo, más de lo mismo con la diferencia de que él no duerme (de momento) en mi casa.

Y digo de momento, porque estoy segura y convencida de que él será mi primera vez, no tengo prisas y él tampoco. Por ese motivo sé que es el hombre perfecto para mí. Es atento, protector, cariñoso, con un sentido del humor de otro planeta y no puede ser más guapo. Reconozco que soy la envidia de mis amigas cada vez que viene a recogerme a clase para llevarme después a las clases de baile, pasamos la mayor parte del tiempo que tenemos libre (que desgraciadamente es poco) juntos.

Por suerte estamos a punto de coger las esperadas vacaciones de Semana santa y tendremos todo el tiempo del mundo para estar juntos todo el día durante dos semanas.

Luis ha intentado acercarse a mí en un par de ocasiones, pero nada tiene ya que rascar conmigo. Parece que no entiende que mi corazón ya tiene dueño, y me sabe mal ser borde con él, tampoco se lo merece. Pero ya empieza a ser pesado y no quiero que Isaac dude de mí, no he querido hablarle de Luis porque tampoco hay nada que contar, no llegó a pasar nada entre nosotros.

Mi tía Azahara no hace más que picarnos a mi madre y a mí, así es ella. Y no sabéis como se lo pasa cada vez que nos ve a los cuatro juntos. Porque sí, mi familia (al completo) ya es consciente de que las chicas Montes y los chicos De Las Heras están emparejados. Mi tío Sergio es el único que no lo lleva tan bien, la distancia y no poder controlar lo que está pasando por aquí de cerca, no le hace tanta gracia. Veremos a ver en qué plan viene cuando pase las vacaciones de Semana Santa en casa de mis abuelos.

Termino de guardar mi traje de ensayo en la bolsa y salgo veloz con una sonrisa en la cara al exterior de la academia para encontrarme con Isaac que, como siempre, me espera en la puerta apoyado en su coche para llevarme a casa.

—Pero si está aquí la bailaora más guapa del mundo entero —me sonríe nada más ver que me acerco antes de besarme y darme uno de sus abrazos que tanto me arropan—. ¿Qué tal ha ido el ensayo, mi niña?

—¿Tú no serás el veterinario más guapo y zalamero del mundo entero? —le digo dejándome arropar mimosa entre sus brazos sin dejar de sonreírle—. El ensayo, perfecto. Ya tenemos todas las coreografías bien aprendidas y solo deseo que llegue el gran día y Lin Cortes quede encantado con nosotras.

—No tengas duda, de que así será.

Así es Isaac, siempre dándome ánimos, haciéndome creer que soy la mejor en todo y cuidando de mí a todas horas. ¿Os he dicho ya lo perfecto que es? Por si no es así, lo recalco de nuevo.

Subimos al coche y nos dirigimos a casa donde mi madre y Álvaro nos esperan para cenar juntos. Suena la canción *Loco* de *Beéle*. Nos reímos y cantamos a gritos esa canción que tanto nos gusta, hasta que mi teléfono interrumpe nuestra actuación. Contesto cuando por fin lo localizo y mi alegría se esfuma cuando la voz de mi padre me saluda al otro lado del celular para decirme en pocas palabras que saldrá de permiso la semana que viene. Solo serán dos días, pero tengo claro que no será tan idílico como yo llevo soñando desde hace años. Su tono de voz y las indirectas me dejan ver que no saldrá en modo pacífico. ¿Cómo le digo yo a mi madre que su felicidad va a sufrir un altibajo importante antes de lo que ella se imaginaba?

—No te preocupes, yo voy a estar a tu lado. No pasará nada —me consuela Isaac cuando se lo cuento.

—Tú no le conoces, amor. Ya no es la persona que yo recuerdo. Es mi padre, sí. Pero todo sería más fácil si no existiera. —Solo con decirlo ya me siento mal. Suena a mala persona, soy consciente de ello. Pero ese vínculo paterno yo no lo siento ni lo comparto con él—. Mi madre se merece ser feliz y solo espero que acepte que Álvaro es ahora quien ocupa su corazón.

—Lo entenderá, no sufras. Álvaro tiene sus recursos y te aseguro que no permitirá que nada os haga daño. Ni a ti, ni a tu madre.

—No sé si me tranquilizas o me preocupas más. ¿Crees que debo decírselo a mi madre? Solo serán dos días, no tiene por qué saberlo.

—Alma, yo no se lo ocultaría. Imagínate que se encuentran y ella no está preparada para ello. Creo que lo más sensato es que la avises.

—Tienes razón. Me ayudarás a decírselo ahora, ¿verdad?

—Por supuesto que sí, mi amor. Y mi hermano y yo estaremos a vuestro lado en todo momento para que nada malo pase.

Me abrazo a su cuello y le beso una vez que aparca el coche frente a mi portal. Que suerte tenerles en nuestras vidas.

22

Mi vida es un cuento de hadas desde que Álvaro es parte de ella. Pasamos el día sumergidos en nuestros respectivos negocios, pero pendientes de nuestros teléfonos cuando estamos separados y dándonos mucho amor cada vez que estamos juntos. Alma está en la misma nube que yo con Isaac y yo soy muy feliz de verla tan joven y enamorada de un chico que le demuestra a diario como la venera.

Preparo la cena junto a Álvaro, en mi casa, para los cuatro como viene siendo habitual a diario. Ahora nuestro equipo de dos ha crecido y somos uno de cuatro. Sonrío feliz al contemplar a mi Dios griego moverse por la cocina ayudándome a pelar hortalizas. No puedo contenerme y le abrazo por la espalda mientras beso su nuca.

—Sino me dejas terminar con esto, cuando lleguen los chicos en vez de tener la cena preparada se encontrarán con una escena, no apta para todos los públicos —me avisa juguetón.

—Todavía es pronto, creo que nos da tiempo a que te enseñe la nueva colcha que he comprado. —Juego con él mientras mis manos se cuelan por la cinturilla de su pantalón y encuentro lo que tanto deseo. Un sonido ronco escapa de su garganta y cierra los ojos echando la cabeza hacia atrás dejándose acariciar por mi dedos—. ¿Quieres ayudarme a colocarla?

—Eso ni se pregunta.

Se gira y me alza entre sus brazos sin dejar de besarme apasionadamente, camina directo hasta mi habitación conmigo a cuestas y cierra la puerta con la pierna para no despegar su cuerpo del mío. Me tumba sobre el colchón con su cuerpo encima del mío y sube sus manos por mi cuerpo llevándose con ellas mi vestido. En cuestión de segundos estamos los dos desnudos y comiéndonos a besos apasionados.

Mis jadeos mueren en su boca, poseída por la de Álvaro. Es increíble la electricidad que nos envuelve y la pasión que nos embriaga. Lo necesito como jamás he necesitado a nadie. Mi cuello no tarda en ser recorrido por su lengua. Estamos completamente desatados. La humedad cubre el centro de mi deseo y la excitación de Álvaro es cada vez más evidente. Es pura dinamita. Le agarro del pelo y tiro de él para ocupar con ansias sus labios. Invierto la postura y quedo ahora sentada a horcajadas sobre su cuerpo desnudo. Recorro con mi lengua su cavidad y ahora es él quien gime en mi boca. Vuelvo a tirarle del pelo y otro jadeo ahogado me anima a continuar con mi danza. Rompo el contacto y nuestras respiraciones se unen, ambas perdidas en la vorágine de pasión que creamos. El roce de mi sexo contra el suyo me provoca una reacción eléctrica. Mis pezones duros por la fogosidad de cada uno de nuestros gestos le están llamado a gritos. Coge uno entre sus manos con delicadeza, acerco mi cuerpo a su boca y le animo en silencio a que juegue con mis

pezones. Quiero que me lleve al cielo una vez más. Sin apartar sus
ojos claros de mí, se introduce en la boca uno de mis pezones
cubriendo el otro pecho con su mano derecha. Lo masajea. Se
boca se alterna entre cada uno de ellos. Y yo he perdido por
completo el control. Vuelvo a dejar caer mi cuerpo sobre su
erección y me rozo de manera primitiva contra ella, mientras
nuestras bocas vuelven a unirse. Sabe a nosotros. Sabe a gloria.
Nuestro cuerpos se acoplan a la perfección y el orgasmo no tarda
en llegarnos con una fuerte oleada perfectamente acompasada
alcanzamos el clímax en el mismo instante, a la vez. Coordinados
una vez más.

Nuestras respiraciones se van relajando mientras sus
dedos acarician mi columna vertebral de arriba abajo provocando
un leve cosquilleo. Beso su clavícula con suaves besos. No quiero
que estos momentos terminen jamás, esta intimidad tan nuestra
que tenemos. Esta conexión que hemos creado es de otro planeta.

—No quiero levantarme, me quedaría aquí contigo hasta
el fin de mis días. Así, sería perfecto. ¿Te imaginas? Nos
encontrarían días después momificados en esta posición —nos
reímos con ganas ante mi comentario. —Por desgracia tenemos
dos bocas que alimentar, que deben estar al caer.

—Me había hecho a la idea de que no tendría que
moverme. ¿Estás segura de que no podemos quedarnos aquí
escondidos? —Bromea ahora él.

—Cenamos rápido y cuando estemos de nuevo a solas,
volvemos aquí para seguir con lo nuestro —me levanto
rápidamente y entro al baño para asearme.

—Ese plan me parece perfecto —me sigue hasta el baño, espera paciente en la puerta. Termino de asearme y salgo para que él pueda hacer lo mismo.

—Voy a terminar de hacer la cena —le informo antes de salir de la habitación.

Media hora después, hemos terminado de preparar la mesa y tenemos todo preparado para cenar. Álvaro y yo hablamos, en la terraza mientras bebemos vino blanco, sobre las ganas que tenemos de pasar juntos la primera (de muchas, eso espero) Semana Santa cuando la puerta se abre y entra Alma seguida de Isaac. Nos saludan sonrientes, pero algo en la cara de Alma, me dice que está nerviosa. No quiero ser paranoica pero el brillo de su mirada no es el mismo que tenía esta mañana.

—Pero qué bien huele —dice Isaac mientras se sienta a mi lado y me sonríe con su cara angelical.

—Pues venga vamos a cenar, antes de que se enfríe. Lavaros las manos. —No puedo controlar esa vena de madre, lo sé.

—Sí, señora. —Obedece Isaac levantándose en dirección al baño donde Alma ya debe de estar cumpliendo con su cometido.

—Mandona —me dice Álvaro riendo.

—¿Yo? Para nada —me defiendo mientras cojo la mano que me tiende para ayudarme a levantarme. Me acerca con la mano hasta su pecho una vez que estamos los dos de pie—. Quizás un poco pero no menos que tú. Y lo sabes.

—Cuando tienes razón, la tienes. Pero me encanta —me dice al oído provocando un escalofrío con su cálido aliento en mi cuello.

—¿Qué te encanta más mandarme o que te mande? —Coqueteo en voz baja.

—Según el momento —me da un pequeño azote en el trasero y suelta una carcajada varonil.

—Luego lo debatimos —le digo mientras cojo su mano y le guio hasta el salón para tomar asiento en la mesa.

Cenamos entre risas y comentamos las hazañas que hemos tenido durante el largo día. Alma está más callada de lo habitual, participa en la conversación, pero algo tiene en la cabeza que hasta que no lo suelte no se relajará. Isaac parece que me lee la mente y le dice algo al oído para que hable.

—Mamá, tengo una cosa que decirte. —Contengo la respiración y parece que Álvaro también.

—¿Qué te pasa? Te lo noto desde que te he visto entrar por la puerta —confieso.

—Me ha llamado papá cuando veníamos de camino. La semana que viene sale de permiso dos días.

Directa, sin preámbulos, así es ella cuando no puede ocultarme algo. El silencio se hace en la mesa, y mi corazón empieza a bombear con fuerza. No estoy preparada para ello, aun no. Con lo feliz que soy ahora, un presentimiento me pone en alerta de que después de este permiso de Toño fuera de prisión, nada será lo mismo.

Pero no quiero ser agorera, finjo una sonrisa forzada intentando tranquilizar a los presentes. Miro a Álvaro y veo la tensión en su mandíbula con la vista fija al frente, sé que eso es algo que se le escapa de su control y este tipo de situaciones le incomodan. Acaricio su rodilla con mi mano para que me mire. Y sonriéndole con la mirada le hago saber que estoy bien y que no tiene de que preocuparse.

—¿Estás feliz por ello? —Vuelvo a mirar a Alma y cojo su mano sobre la mesa para que no se preocupe por mí.

—Yo, no sé. Por un lado, creo que sí, pero no quiero que te afecte a ti. No me fio de sus intenciones, mamá.

—No te preocupes por mí. Todo saldrá bien. Solo serán unos días. —Decirlo en voz alta, es parte de mi ejercicio de meditación para que tanto ella como yo, creamos así será—. No tienes de que preocuparte, Alma. Tu madre tiene razón, todo irá bien. —Repite Álvaro.

Después de la bomba informativa reconozco que mi humor ha variado, la tensión se instala en mi cuello y rezo con todas mis fuerzas para que todo marche bien. Sabía que este momento llegaría y me he preparado mucho para ello, pero no contaba con que fuera en el momento preciso que nuestras vidas comenzaban a encauzarse. Tendré que confiar en las buenas intenciones de mi ex, si es que las tiene.

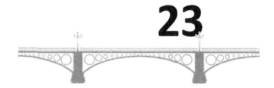

23

La noticia de la salida de Toño tiene en jaque a toda mi familia. Como no podía ser de otra manera mis padres no están nada contentos y mis hermanos, más de lo mismo.

Yo intento mantener la calma de cara a la galería, pero no doy pie con bola, desde que me enteré soy un auténtico desastre. Yeray y Candela aguantan estoicamente mi mal humor y mis metidas de pata, yo me disculpo cada vez que se me va de las manos y me encierro a derramar lágrimas silenciosas en mi zona privada del taller. Parece mentira que con mi subconsciente esté atrayendo la desdicha, porque si algo me repito como un mantra es: *piensa positivo para atraerlo a tu vida.*

Pues yo debo de estar atrayendo un gran camión de mierda a mi vida, por lo que decido que ya está bien de malos pensamientos, esto no puede alterarme de esta manera. Por suerte, Álvaro es un bendito armado de paciencia y sabe cómo manejar la situación, porque si hubiera sido otro... Me manda a freír espárragos.

La Semana Santa ha llegado, y con ella el cierre del taller. Después de sopesar el quedarnos en nuestro piso o irnos con Álvaro al que tienen cerca de la Catedral. Alma y yo decidimos instalarnos durante estos días junto a él y el resto de la familia, ya que el gentío y la llegada de turistas hacen prácticamente imposible la llegada hasta ese punto de la Carrera Oficial.

El domingo de Ramos arranca la vida social que se desata en estos días tan apabullante: las cruces, la música, las saetas, los nazarenos en sus trajes tradicionales, las imágenes de Vírgenes y Cristos recorriendo las calles sobre tronos dorados llenos de flores… Uno no puede hacerse a la idea de lo qué es la Semana Santa de Sevilla a no ser que la conozca en primera persona, al menos una vez en la vida. Entre pasos, comidas, sobremesas y cenas siempre estamos rodeados de gente, y que suerte porque no tengo tiempo de pensar en nada solo me limito a disfrutar de estas fechas tan señaladas y dejarme arropar por tanta gente que me quiere.

Para mí el momento más especial es *La Madrugá*. Este es el nombre que recibe la noche del jueves al Viernes Santo. Es uno de los momentos más especiales de la Semana Santa de Sevilla ya que se realizan procesiones nocturnas bajo la luz de la luna en un ambiente tan emotivo como sobrecogedor. Durante *La Madrugá* procesan las hermandades más antiguas de la ciudad. Una de las más impactantes es la de El Silencio, durante la cual no se permite hablar, tal y como indica su nombre. Y entre el silencio de esta madrugada y la emoción contenida de esta noche tan especial, es cuando desde el balcón que mi familia y la de Álvaro ocupamos esta noche, mi mirada y la de Toño se cruzan.

Hasta el momento no he coincidido con él. Alma ha pasado el día junto a su padre desde que salió esta misma mañana de prisión. Gracias a ello, conectadas con nuestro teléfono, he conseguido evitarlo. Tan sencillo como no coincidir en los lugares en los que ellos estaban.

Isaac también ha estado con Alma y Toño durante todo el día, y parece que el padre de mi hija ha aceptado de buen agrado al novio de ella.

Mi corazón se acelera y la boca se me seca al instante, nuestras miradas están centradas, la una en la del otro, creo que ni parpadeamos. Parece mentira que entre las miles de personas que están en la calle de esta señalada noche, mi mirada haya reparado en la suya. A mí no es difícil localizarme ya que estamos a la vista de cualquier persona que mire hacia arriba en la céntrica calle en la que nos situamos.

Un sudor frío recorre mi nuca y mi vida pasada junto a él se proyecta en mi mente cómo si de una película se tratará. Finalmente, no puedo evitar sonreír al padre de mi hija en la distancia, él imita mi gesto.

La mano de Álvaro sigue cogida a la mía con nuestros dedos entrelazados y hasta que Toño no aparta la mirada de la mía, no soy consciente de que los ojos de Álvaro han estado fijos en mi cara durante todo este tiempo. El silencio de esta noche, no me permite decir nada para excusar mi ausencia perdida en la mirada de mi ex, solo me permito apoyar la cabeza en su hombro y besar su cuello fugazmente. Porque ahora y gracias a él todo está bien, Álvaro ha sido y es mi anclaje a la vida real y la persona de la que estoy enamorada. Porque sí, lo reconozco estoy perdidamente enamorada de este hombre.

Cuando el último paso hace su recorrido frente a nosotros, decido que ya es hora de retirarme a dormir. Entre las copas que arrastramos de todo el día y el impacto de ese fugaz encuentro, mi cuerpo necesita recuperar fuerzas para seguir mañana con otro largo y esperado día como es el Viernes Santo.

Me retiro a una de las habitaciones del gran piso familiar seguida de Álvaro. Cuando por fin estamos a solas me abrazo fuerte a su cuerpo y beso su boca con pasión, un largo y húmedo beso que acompaño con mis manos recorriendo su nuca.

—No puedo más, necesito descansar un par de horas —le digo una vez separamos nuestras bocas.

—He visto como os mirabais, Rocío —dice por fin Álvaro pasando sus manos por su pelo, está nervioso, no hay más que verle.

—¿Perdona? —me hago la loca, porque ni mi cuerpo ni mi mente están para esto ahora—. No digas tonterías, Álvaro. Estoy cansada.

—No son tonterías, Rocío. Solo quiero saber que puedo estar tranquilo cuando ese desgraciado pise la calle. Respeto que es el padre de Alma, pero no quiero doble juego por ello, no estoy dispuesto a tener que aguantar según qué cosas.

—¿Estás hablando en serio? ¿Te crees que si sintiera algo por Toño estaría contigo aquí ahora en vez de a su lado? No has visto nada más que una mirada tierna hacía él. Por mucho que nos haya hecho sigue siendo el padre de Alma, cómo tú bien dices, y no soy consciente de mis actos involuntarios a consecuencia del impacto que me ha supuesto verlo sin esperarlo.

—Está bien, lo que tú digas —se da la vuelta y hace el amago de salir de la habitación dejándome enfadada y boquiabierta ante su reacción.

—¿Te vas? —Alzo la voz, porque más que una pregunta es una afirmación.

—Sí, me voy. Voy a dar una vuelta por el Antique tengo que ver cómo ha ido la noche. Descansa.

Sale de la habitación dando un portazo que retumba en toda la casa. Y yo no soy capaz de pegar ojo, la luz del día comienza a colarse por el gran ventanal de la habitación esperando nerviosa escuchar la puerta para saber que Álvaro ha llegado. Cosa que no sucede, por lo que a sabiendas de que será un largo día de nuevo, me ducho y me arreglo para acudir junto al resto de familia a la popular calle Luchana para la misa matutina y empezar el recorrido de este día tan especial.

—Buenos días, mami. Ayer te fuiste a dormir pronto —me saluda Alma con un beso en la mejilla.

—Buenos días, mi amor. Y tú llegaste muy tarde porque no te vi antes de irme a la cama —le digo intentando aparentar calma mientras me sirvo un café en la cocina.

—Ya sabes, es una gran noche para poder llegar tarde. Tú misma me diste permiso. —Sonríe forzadamente—. Estuve en Antique.

—¿Cómo que fuiste a Antique? Alma no tienes edad para ir a esa discoteca. —Mi voz chillona suena más alta de lo que pretendía.

—Mamá, fui con Álvaro, Isaac, los titos y Manuel. Por favor, cualquiera diría que me fuera a pasar nada malo, si no podía ir en mejor compañía. Además, los titos también vinieron con nosotros, fue una gran noche. Deberías haber venido, estás mayor.

—Vaya, parece que todos os lo pasasteis en grande anoche menos yo. —Mi humor se está viendo alterado ante la idea de pensar que, tras la discusión con Álvaro por sus pajas mentales, este fuera capaz de divertirse mientras yo no he pegado ojo en toda la noche.

—Bueno no te creas… Álvaro no estaba de muy buen humor, que digamos… —Su tono y su mirada esquiva me hacen saber que algo me oculta.

—¿Paso algo que deba saber? —la interrogo con la mirada intentado saber porque dice eso—. Alma, habla ahora o calla para siempre. Sabes que me voy a enterar de todo tarde o temprano, ¿verdad?

—Por favor, no te pongas histérica. Papá estaba en la puerta de Antique para entrar con sus amigos cuando llegamos. Digamos que estaba más contento de lo normal. El caso es que, tuvieron unas palabras subidas de tono cuando papá se acercó a saludarme y comenzó a decir tonterías de las suyas. Ya sabes… pero no sé qué más pasó. La tía, Isaac y Manuel me hicieron entrar. Álvaro y el tío Sergio, se quedaron hablando con papá para tranquilizarlo.

—¡Joder! No puede ser verdad —exclamo nerviosa—. ¿Dónde está Álvaro?

—No lo sé, no volví a verlo en toda la noche, pero Manuel y el tío me dijeron que estaba en su despacho, que no me preocupara que no pasó nada.

—No ha venido a dormir, Alma. Voy a llamarle.

Cojo mi teléfono y compruebo que no tengo señales de vida de él. Me tiembla el pulso solo de pensar que la cosa pueda haber ido a más. Conociendo como conozco a esos dos fieras la cosa no habrá quedado así. Necesito saber que pasó fuera de esa discoteca y a que tengo que enfrentarme cuando Álvaro aparezca. Por lo que decido entrar en la habitación de mi hermano Sergio sin avisar, ya que también duerme bajo el mismo techo que nosotras durante estos días.

Tampoco hay rastro de mi hermano en esta habitación, parece que la noche no ha terminado aún para los hombres de esta casa y mi enfado crece por segundos. Otro que no contesta al teléfono.

—¿Se puede saber dónde está la gente de esta casa? —exclamo hecha una furia mientras avanzo por el pasillo de vuelta a la cocina—. Alma, ¿quién te trajo a casa anoche?

—Pues Isaac, mamá. ¿Quién si no? —me mira como si estuviera loca—. El resto se quedaron porque yo me vine antes.

—Esto es alucinante. Mira, que les den viento fresco. Vamos que nos deben de estar esperando tus abuelos.

—Relájate un poco. No te preocupes, tanto. Se les habrá ido la hora...

Relajarme, eso me gustaría a mí. Parece que lo iba a ser un glorioso Viernes Santo se convertirá en breve en una procesión digna de mantilla, cirios y un desfile de muertos vivientes cuando me los encuentre y esos fiesteros me den las explicaciones que tienen que darme.

24

Efectivamente, llegamos cogidas del brazo a la calle Luchana donde mis padres y Azahara nos esperan para entrar junto a ellos a visitar la Parroquia de la Hermandad de San Isidoro. Como siempre asistimos al acto de Adoración de Las Cinco Llagas de Nuestro Señor Jesucristo, emocionadas encendemos unos cirios para pedir salud y prosperidad a nuestro Cristo.

Una vez terminado el acto seguimos con las tradiciones tras reunirnos con Isaac, Rafael y Soledad. Es el momento perfecto para interrogar a Isaac, ya que Azahara sabe lo mismo o menos que mi hija sobre lo sucedido la noche anterior. Mientras Alma esta distraída hablando con su grupo de amigas, yo no dudo en acorralar a mi yerno/cuñado.

—¿Qué pasó anoche Isaac? ¿Dónde está tu hermano y el mío? —le digo con tono acusador.

—Están de camino, Rocío. No la pagues conmigo. Bastante tuve yo anoche ya —se queja enfadado—. Parezco la niñera de ellos.

—¿Por qué dices eso? —Relajo mi tono con el pobre chico, tiene razón, si este chico es un santo.

—Pues porque después de dejar en casa a Alma. Me toco volver a Antique para recoger a tu hermano, el mío y Manuel. Estaban más cocidos que los piojos y tenían ganas de bulla con Toño. Los lleve a casa de tus padres aprovechando que no estaban allí y le hice prometer a mi hermano que no haría más tonterías. Estaba fuera de sí, decía que no iba a consentir que ese desgraciado volviera a haceros daño a ti y a Alma. Y que haría lo que necesario para quitarlo de en medio antes de perderte.

—¿En serio? —pregunto con los ojos como platos—. Esto no puede ser verdad.

—No le he contado nada a Alma para no preocuparla, pero tu hermano también quería partirle la cara a su padre. No había quien les frenará por suerte Manuel me ayudó a retenerlos. Pero, Rocío... — Agacha la mirada antes de seguir hablando, está muy preocupado—no sé qué pasará si hoy se encuentran por aquí, me consta que Toño tenía ganas de pelea a pesar de que sea su primer permiso. Puede ser peligroso.

—Eso no pasará, confía en mí. En cuanto los tenga delante todo se solucionará. Son las consecuencias de estar bebiendo como cosacos durante todo el día y los nervios que han arrastrado durante tanto tiempo. Podía pasar y ha pasado, pero lo importante es que no vaya a más —le acaricio la mejilla con mi mano y le sonrío con ternura. Aunque yo tampoco me creo mis propias palabras.

—¿Qué habláis vosotros? —nos interrumpe Alma pizpireta.

—Nada, comentábamos que Álvaro y tu tío van a pasar un día de lo más entretenido con la resaca que deben arrastrar.

—Les está bien empleado, por beberse hasta el agua de los floreros. Verás el abuelo y Jose Luis cuando los vean.

Nos reímos a sabiendas de que será digno de espectáculo, de todos es sabido que perderse el primer acto de Viernes Santo en esta familia es motivo de trifurca. Desde que éramos adolescentes no había quien faltara a este acto, aunque la noche anterior no hubiéramos dormido. En fin, bastante tengo yo encima como para preocuparme por esos dos iluminados.

Mientras avanzamos en dirección a Triana para seguir con las tradiciones, mi teléfono suena en mi bolso, el nombre de mi hermano ilumina la pantalla.

—Vaya, hermanito, por fin das señales de vida —me aparto un poco para poder escuchar bien.

—Lo siento, Ro. Dime dónde estáis que os estamos buscando por toda Triana.

—¡Ya te vale! Te vas a enterar cuando te pille. —Estoy hablando muy en serio, de está sale escaldado. Él me conoce bien.

—Qué sí... qué vale... Pero dime donde estáis, joder. —Encima se pone chulito, me armo de paciencia y me voy a tomar una caña porque si no...

—¡Oye, bájate dos tonitos conmigo! Por la cuenta que te trae —le recrimino hecha una furia—. Os espero en *el Salomon*, haré que se adelanten ellos para quedarme a solas con vosotros dos, tenemos mucho que hablar.

—Está bien, Ro. Ahora vamos para allá.

Cuelgo el teléfono y me acerco de nuevo al grupo, le pido a Azahara que se quede conmigo, porque necesito a una testigo que apacigüe mis nervios cuando esos dos den la cara. Alma e Isaac ni se inmutan ellos están con sus amigos en común y ya nos avisan de que nos veremos cuando caiga la tarde en el piso para ver los pasos. Mis padres, Soledad y Jose Luis después de prometerles que nos uniremos a ellos para comer todos juntos, se marchan sin mirar atrás.

—Ya puedes relajarte y sacarte el palo del culo, hermanita —me dice Azahara cuando por fin nos sirven nuestras ansiadas cañas acomodadas en una de las mesas exteriores del bar.

—No tengo el chichi para farolillos, Aza. Sabes tan bien como yo que lo de anoche no me beneficia en absoluto. ¿Con qué cara miro ahora a Toño cuando me lo encuentre?

—Encima tendrás que ser tú la que pida perdón, no te jode. Se merece que le den su merecido por canalla. Y de sobras sabemos que Ser y Álvaro se lo darían. No tan pronto, pero no hay que ser muy lista para darse cuenta de que esto pasaría —dice tranquilamente mientras apura su caña—. ¿Pedimos otra en lo que vienen?

—Eso de nivelar el PH con birra a la mañana siguiente de una buena borrachera, lo llevas a rajatabla. Ni has respirado —la miro boquiabierta. Ella sonríe y asiente—. Y retomando el tema. No soy tonta, contaba con que podría pasar, pero precisamente por eso me pase la tarde de ayer esquivando los lugares por los que Toño estaba. ¿Qué pintaba él en Antique? Ya es coincidencia, también.

—Sigues siendo muy incrédula para lo que quieres, hermanita. ¿Piensas que todo fue casualidad? ¿Desde cuándo Toño no planea sus pasos? Bueno, sin contar los que le llevaron a estar entre rejas, obviamente.

—¿Crees qué fue una provocación? Es su primer permiso, no creo que se la juegue tanto. cualquier altercado hará que le retiren ese privilegio.

—Lamento decírtelo, Ro. Tu ex es un ser impulsivo por naturaleza, sigue colado de ti hasta las trancas y la noticia de que hayas rehecho tu vida con uno de los magnates andaluces más guapos y prometedores de Andalucía ¿qué Andalucía? España entera. No le debe haber sentado nada bien, contando además que el novio de su única hija pertenece también a esa familia y que tiene que guardar las formas, porque no olvidemos que Isaac es un trozo de pan al que nadie puede odiar, ¿te sigue pareciendo extraño su reacción? —Qué manera de analizar la situación tiene la *jodia,* ¡Qué lista es!

—Sea como sea, no tenían derecho a liarla de esa manera y menos en presencia de Alma. No me esperaba tan pocas luces por parte de ninguno de los involucrados. Joder, que son adultos...

Me quedo pensativa mientras cojo mi segunda caña y le doy vueltas a todo lo que Azahara acaba de exponer. Tiene toda la lógica del mundo, ella tiene siempre razón. No he pensado en ningún momento en lo que Toño tiene que haber sentido al saber que todo el mundo que dejó fuera hace años, se ha desvanecido y que ahora ya no tiene el apoyo de las únicas dos personas que antes eran para él, su todo. Y digo antes, porque él solito hizo que nos alejáramos cada vez más con su actitud altiva y oscura, la tonta que era antes hubiera estado a su lado esperando y haciendo voto de castidad hasta su salida sin problemas.

Mi cara se ilumina, como acto reflejo, cuando veo que Álvaro se acerca a nosotras junto a Sergio. Su pelo capta los reflejos del sol que nos acompaña durante el día de hoy, sus gafas de sol ocultan esa mirada que para mí es hipnótica y su paso firme y decidido se hace notar a cada paso que da. No puedo evitar mirar con recelo como las mujeres que nos rodean se rompen el cuello para verle pasar, incluso creo escuchar algún suspiro a sus espaldas.

Puede ser bien por él o Sergio porque parecen sacados de un anuncio de ropa de alta costura. ¿En serio tengo que montarles un numerito ante tanta lagarta suelta? Madre mía, esto va a ser difícil.

25

ÁLVARO

Me despierto en casa de los padres de Rocío, ya he estado antes en esta habitación. La misma noche en la que todo se desató entre nosotros. El martilleo en mi cabeza es una tortura, maldita sea se me fue la mano con la bebida.

Recuerdos de la noche pasada llegan a mi mente en forma de destellos, la que has liado Álvaro. Desde que salí de la habitación donde dejé a Rocío la noche pasada, dando un portazo y sintiéndome la persona más ridícula sobre la faz de la Tierra.

No sé porque actué así, esos celos y ese miedo a perderla me hicieron comportarme como un cretino con ella, solo pensar que Toño pueda despertar de nuevo en ella esos sentimientos de amor que ahora tiene hacía a mí, hacen que salga mi parte más primitiva y menos racional.

Yo solo pretendía ir a mi local. Ver cómo iba la noche. Hacer caja y volver a casa junto a mi chica para pedirle perdón y hacerle el amor hasta que mis dudas y las suyas (si es que las tiene) se desvanecieran.

Pero pobre iluso de mí. Para empezar al salir al salón, después de que nuestros padres se acostaran en sus respectivas habitaciones (ten en cuenta que, en este piso de más de 200 metros cuadrados, tenemos siete habitaciones dobles y tres baños, es lo que tiene estar en uno de los edificios más céntricos y señoriales del centro de Sevilla), tanto mi hermano Isaac como Alma, Manuel y los hermanos de Rocío no tenían ganas de irse a dormir. Por lo que los anime a que me acompañaran a Antique para seguir un rato más la fiesta y no despertar a los que ya dormían en casa.

Cuando llegamos a la puerta, para sorpresa de todos, allí estaba con su sonrisa de superioridad y como si ansiará ese momento, Toño. Alma se tensó al instante y su sonrisa se evaporó, ella tan ilusionada por entrar por primera vez en una discoteca junto a la mejor compañía en su primera noche, tan joven, tan alegre y de un plumazo todo se esfumó.

Por ahí ya se veía venir que algo pasaría, como buenos machos Alfa, su tío Sergio y yo intentamos que no le afectara y protegerla del estado, evidente, de embriaguez que su padre (junto a su grupo de amigos) llevaban encima.

El muy anormal, porque no puedo llamarle de otra manera. No se le ocurrió otra cosa que mientras que yo solucionaba un tema con mi gente de seguridad (el aforo estaba casi al completo y la gente en el exterior no hacía más que impacientarse por entrar) se acercó a ella para recriminarle que dónde estaba su madre y que hacía que no estaba durmiendo.

Muy normal, si no eres un padre que para nada es apto dando ni ejemplo de conducta, ni consejos de buena vida. Súmale a esto, que iba acompañada de su tío, su tía, su novio (con quien ha pasado junto a su hija todo el día de hoy, por lo tanto, ya ha conocido y tanteado de sobras) y dos adultos más. De mi primo pase que no sepa quién es, pero de mí…

Sabe perfectamente que esta discoteca me pertenece, que estoy con Rocío y que junto a nosotros no puede estar en mejores manos.

Intenté mantener la calma, lo juro por el Cristo del Gran Poder, pero cuando escuché a lo lejos como Sergio le increpaba y los amigos de Toño se unieron a la fiesta, no pude contenerme más y me planté frente a ese indeseable para dejarle las cosas claras. No sin antes hacer que Isaac, Azahara y Alma que comenzaban a estar muy nerviosos, entraran al local y no presenciaran lo que podía venirse encima ni mi peor cara… esa que hace tiempo decidí enterrar muy dentro de mi propia persona.

De primeras mi plan fue el de intentar por las buenas con mi mejor actitud que no formará escándalo y que se fuera sin armar follón. Pero en sus ojos vi claro que está guerra acababa de empezar y que no me lo iba a poner fácil. Después de soltar, por esa boca de mierda, todo lo que iba a perder yo al igual que había perdido él, empezando por Rocío ya que no se iba a rendir fácilmente y que salía dispuesto a todo para recuperarla, cosa que ya bien me imaginaba yo.

Se atrevió a amenazarme con mi pasado, cosa que no le pienso permitir ni a él ni a nadie. Por lo que no pude reprimir las ganas de cogerle del cuello y acorralarlo contra una pared con la intención de hacerle mucho daño. Por suerte el personal de seguridad junto a Sergio y Manuel consiguieron retenerme antes de que destrozará esa cara de chulería con la que me miraba, porque si no me llegan a parar juro que no sale con vida de esa.

La cosa sé que no ha acabado aquí, él ya se encargó de avisarme antes de desaparecer como la rata de cloaca que es. Poco me importa que me amenace con mi pasado un mindundi que no tiene donde caerse muerto y al que nadie creerá, otra cosa es que consiga acercarse a Rocío y consiga su propósito, alejarla de mí con su película. Y eso sí que no estoy dispuesto a consentirlo, lo que hice en mi pasado ya está más que solucionado, o al menos lo estará cuando consiga arreglar el lío en el que Manuel nos ha metido a mis espaldas.

Cuando entré en mi discoteca ya no tenía ganas de nada más, solo quería estar solo para pensar en todo lo que se me podía venir encima por culpa de ese desgraciado y buscarle remedio si llega el momento.

Bebí, solo. Hasta que Manuel y Sergio se unieron a mí en una fiesta privada que acabó con nosotros llamando a Isaac para que nos viniera a rescatar y llevarnos a descansar a casa de los padres de Rocío. Cosa que se le ocurrió a Sergio de camino ya que no estábamos en condiciones de presentarnos así en el piso donde nuestras familias estaban. Poco más recuerdo, hacía tiempo que la bebida no nublaba tanto mi mente como para perder la noción de mis actos y de mis recuerdos.

Me levanto de la cama con el mal cuerpo, no solo resacoso, de saber que tengo que dar muchas explicaciones y con un gran dilema en mente: He de confesar antes de que todo se vaya a la mierda o seguir con esta mentira que me consume sobre mi pasado. Sé que ahora no es el momento de darle rienda suelta a ese acercamiento provocado por mi confesión que tanto temo entre Rocío y Toño. Tengo que ser inteligente, siempre lo he sido. Por lo que decido callar y afrontar mis errores de la noche pasada.

La batería de mi móvil está agotada por lo que deduzco que Rocío debe de estar echa una furia conmigo, sé que ya estará al corriente de lo que pasó la noche anterior. Seguro que Azahara y Alma ya la han informado. Y no las culpo, mejor ponerla sobre aviso y ellas tienen que curarse en salud. Primero porque una es su hija, y entre ellas no hay secretos, y segundo porque la otra es su hermana pequeña y su mejor amiga cosa que prima sobre todo lo demás.

Cuando Sergio y yo salimos de casa cogemos un taxi para que nos acerque hasta Triana donde deberíamos estar ya desde hace un par de horas. Otra cosa que tenemos clara es que tenemos que dar explicaciones de nuestra ausencia en el acto de esta mañana, nunca he faltado desde que tengo uso de razón, por lo que sé que mi padre debe de estar hecho un miura. Según comento con Sergio, Rafael debe de estar de la misma guisa con él. El día promete.

Tras informarnos, gracias a Sergio y su conversación con Rocío, de donde están. Nos dirigimos hasta el punto de encuentro donde diviso a lo lejos a Rocío sentada en una de las mesas junto a Azahara. Mi corazón se acelera solo con verla. Su mirada me penetra desde lejos y conforme me acerco a la mesa solo puedo verla a ella, intento aparentar serenidad (de eso voy sobrado, de aparentar porque de serenidad ahora mismo ando corto) por suerte el sol que brilla con fuerza a esta hora ya del mediodía me permite ocultar mi mirada de culpabilidad tras las gafas de sol que llevo puestas.

—Buenos días, dichosos los ojos. —Azahara se gira para hacernos un rápido repaso con su mirada dicharachera, parece estar expectante a la que se nos viene encima.

—Buenas tardes —contesta seria Rocío sin apartar sus ojos de mí—. Sentaros, estaréis cansados después de tanta noche movida. ¿Me equivoco? —Esto último lo dice mirando a Sergio como si estuviera a punto de estallarle con la mirada.

—Vamos al grano, Ro. No estamos para tonterías. —Sergio se acomoda con pose chulesca al lado de Azahara y yo hago lo mismo al lado de Rocío.

—Buenos días, lo siento —le susurro al oído antes de darle un fugaz beso en los labios a modo de disculpa o saludo. Poso mi mano en su pierna desnuda ya que el vestido que lleva deja a la vista la fina piel de su muslo. Me muero por subir la mano y acariciar toda su piel sin reparos. Céntrate, Álvaro. Tengo que repetírmelo mentalmente. Esta mujer me nubla los sentidos.

—Mira, Sergio. No me toques el coño con tu actitud de chulo putas. Te aviso. Ahora te callas y apechugas —le dice, sin temblarle el pulso, a su hermano mayor en un tono elevado provocando que más de una mirada se centre en nosotros. Él no rechista, simplemente mira hacia otro lado. Y Azahara me mira con cara de "por la cuenta que te trae calladito estás más guapo"—. Primero de todo, quiero saber en qué pensasteis para sacar a esos "malotes de barrio" que lleváis dentro para increpar al padre de Alma, en su presencia. — Directa al grano, así es ella. Sin rodeos—. Contesta, Sergio. Tú y yo hablaremos después. A solas —me dice mirándome directamente a los ojos después de quitarme las gafas con sus propias manos para verlos bien.

—Verás, Ro. Cómo bien sabes, en la puerta de Antique nos encontramos con Toño. —Comienza a relatar Sergio con voz seria—. De sobras sabes que yo no soy dado a este tipo de conflictos, aunque las ganas no me falten. El caso es que tu ex se acercó a Alma de malas maneras, y con unas copas de más encima, para increparle de porque estaba allí y que donde estabas tú. Ella, nuestra niña, pasó el mayor ridículo al tener que ver así a ese energúmeno. Puedo ser muy racional, hermana, pero con mi sobrina ni él ni nadie la hace de menos. ¿Sabes la ilusión que tenía por ir con nosotros? ¿La felicidad que irradiaba su cara y lo bien que se lo quería pasar? Joder, no pude con eso. Intenté hacer que se alejará y explicarle de buenas maneras que nos dejará tranquilos, pero no me hizo caso. Su grupo de amigos se acercaron, buscaban pelea. Álvaro estaba hablando con su gente de seguridad cuando la cosa entre Toño y yo parecía que pasaría a mayores, hicimos entrar a los chicos con Azahara dentro. —Su hermana asiente con la cabeza—. Y entonces fue cuando…

—¿Cuándo qué? —Rocío nos mira boquiabierta, sus ojos van de Sergio a mí y a la inversa.

—Entonces fue cuando yo me acerqué a él para pedirle de buenas maneras que se marchará y no armará follón. Pero no me hizo caso, dijo cosas que no quiero repetir. Se me encendió la sangre y le cogí del cuello para estamparlo contra una de las paredes del local, alejados del resto de personas. Si no llega a ser por Sergio y Manuel, juro que le hubiera reventado la cabeza. —No me doy cuenta de que la mala leche ha llegado de nuevo a mí al recordar hasta que veo mi mano apretando con fuerza la pierna de Rocío, la quito rápidamente y miro la señal que han dejado mis dedos marcados en su piel. Maldita sea—. Joder, lo siento. Ese tipo intentó tantearme y sacarme de mis casillas, y lo ha conseguido.

—No, está bien. Lo que habéis hecho. ¿Sabéis la se podía haber liado? La cosa es sencilla, os provocan y pasáis de largo. Pero no vosotros tenéis que daros golpecitos en pecho en plan gorila para marcar territorio. Joder —dice Rocío seria mientras pasa su manos por su pierna donde hasta hace un momento estaba la mía. Me mira seria y vuelve a mirar a Sergio, que permanecemos callados—. Pero si eso fue así, y os provocó de esa manera. Que no lo pongo en duda. Entiendo vuestra reacción, sé que no está bien, y lo que más me duele es que Alma tenga que ser víctima de su padre ahora que empezará a estar de nuevo por el barrio. Pero por favor. Os pido. Os suplico. Que no entréis al trapo con él, ya se cansará de provocar. Pero no quiero ni una tontería más de estas, ¿entendido?

Los dos asentimos con la cabeza y después de unas cuantas pullitas más y cachondeo por parte de las chicas hacía nosotros, el ambiente se relaja y disfrutamos de este atípico Viernes Santo.

—Que sea la última vez que dudas de mis sentimientos hacía ti y que me dejas dormir sola. Primer aviso —me dice cuándo vamos de camino agarrados de la mano hasta el lugar donde nuestras familias nos esperan—. No he pegado ojo por tu culpa.

—No harán falta más avisos, lo prometo. Nunca más dormirás sola, a no ser que tú me lo pidas —le digo sin poder apartar la vista de sus ojos—. Tengo una solución para lo otro.

—¿Qué propones? —me pregunta curiosa.

—Estamos a un par de calles de tu casa. ¿Qué te parece si tú y yo nos vamos a echar la siesta juntos? —le propongo juguetón mientras mis manos recorren su trasero por encima de ese vestido que me está tentando desde que la he visto ponerse de pie.

—Estás loco. Les he prometido a nuestros padres que comeríamos con ellos —dice risueña—. Además no pienso perderme la que os va a caer a los dos, cuando nuestro padres os vean aparecer.

—De eso ya tendrás la oportunidad luego, créeme. No nos vamos a librar. —Pongo los ojos en blanco, pero no decaigo en mi insistencia de estar a solas con ella, un rato—. Podemos decir que te has encontrado mal y te vas a descansar para poder aguantar bien la tarde que nos espera y yo, como buen novio que soy, me he ido contigo para no dejarte sola. Venga, pequeña. Si ni Alma, ni Isaac, ni Manuel vienen a comer, si ellos se han escaqueado ¿Por qué nosotros no? —Parece pensativa, está a punto de acceder a mi plan, la conozco.

—No tienes remedio, Álvaro de Las Heras. Me llevas por el mal camino siempre. Eres un negociador digno de tu reino y un encantador de serpientes.

—¿Yo a ti, por el mal camino? No te lo crees ni tú. Lianta. —Ella me da un golpe en el hombro mientras ríe—. No te rías es verdad, no puedo pensar con claridad cuando te tengo delante. Solo pienso en desnudarte, mira cómo me tienes sin apenas rozarme... —Restriego mi entrepierna contra su culo para que note la erección que comienza a crecer en mí.

—Juegas con trampas, chico malo —me dice con una sonrisa canalla—. Deja de dorarme la oreja, y encárgate tú de llamar a nuestros padres. Yo me encargo de Sergio y Azahara, con ellos no hay que mentir.

Después de la llamada para excusarnos de no poder ir a comer (parece que ha colado) y de dejar a Sergio con el marrón de enfrentarse él solo a Rafael y a mi padre para dar explicaciones, me hace prometer que tendrá su recompensa y yo cuando doy mi palabra no fallo. Rocío y yo nos apresuramos a llegar a su casa lo antes posible para dar rienda suelta a nuestro amor y hacer las paces como Dios manda.

Será viernes Santo, pero de esta carne nadie me va a privar. Total, ya soy un pecador en muchos sentidos. Con este cuerpo que tengo entre mis brazos estoy dispuesto a pagar penitencia el resto de mis días.

26

Llámame floja, soy consciente. No he podido evitarlo, os lo he dicho… Este hombre me hace perder la serenidad, el juicio y entre nosotras, de todas es sabido ya. Hasta las bragas.

Después de hacer la bomba de humo más grande de la historia con nuestras familias, hemos acabado en mi habitación. Solos, desnudos y muy sudados. Dios, ¿cómo necesito tanto de él a todas horas? ¿Alguien que tenga el antídoto para no perder la razón frente a Álvaro de las Heras? Ves encargando un camión entero, por favor y gracias.

Le observo como duerme a pierna suelta con su brazo rodeando mi cuerpo después de una sesión del mejor sexo (una vez más) juntos. Acaricio con mis dedos el hueco que se forma entre sus pectorales definidos y perfectos sin dejar de pensar en que no quiero que se aleje de mí por nada del mundo. Pero soy consciente de que tendremos que esquivar con mucha sabiduría y mano dura la guerra que Toño está dispuesto a iniciar.

Han sido muchos años junto a él y después de ser conocedora de su actuación anoche y de la manera en la que me miró cuando nuestras miradas se encontraron, su orgullo y su rabia deben de estar en un punto muy álgido.

Mi teléfono suena insistente y me levanto a toda prisa para localizarlo y contestar a la llamada, sin dudas de que será mi madre para reclamar nuestra presencia, debemos darnos prisa o tendremos que dar demasiadas explicaciones... Deja de sonar antes de que pueda contestar, por lo que decido despertar a Álvaro para que se vista y salir a toda prisa.

—Álvaro, despierta. Tenemos que irnos... —digo mientras beso suavemente su mandíbula.

—No quiero —murmura con un ojo a medio abrir y haciéndome la llave del candado con su brazo para que no pueda escaparme de sus brazos. –Diles cualquier cosa, no quiero moverme de aquí.

—No tengas morro, que bastante me has liado ya. Si no te hubieras bebido hasta los charcos de la calle anoche, no estarías tan cansado. Ahora se un machote y apechuga... —me rio mientras forcejeo con él para que me suelte.

—No ha colado, ni siquiera con mis atributos puedo hacerte cambiar de razón —me dice con una sonrisa pícara mientras mira su maravilloso atributo al que sé que se refiere, preparado para darme lo que yo quiera.

—Tienes razón, ni siquiera con esa maravilla. Me harás cambiar de opinión —me mantengo firme, aunque las ganas de tirarme de cabeza sobre él y volver al ataque sean tantas que ni yo misma sé cómo puedo rechazar semejante invitación—. Dúchate y date prisa. Voy a ver quién me ha llamado.

Salgo de su amarre en un descuido de él a toda prisa, porque a cabezón no le gana nadie y yo soy muy blanda, ya os lo he dicho antes. Con lo que yo he sido y como me desarma este hombre.

Localizo mi teléfono en el salón, dentro de mi bolso. Contemplo la cantidad de mensajes que tengo y las llamadas perdidas de mis padres.

Yeray y Candela en el grupo de WhatsApp preguntan cómo llevo la semana santa y quieren quedar al día siguiente para vernos.

Azahara, otra ristra de mensajes diciéndome lo aburrida que está sin mí y sus adjetivos hacía mi persona por dejarla tirada con nuestros padres (te puedes imaginar que me dice de todo menos bonita).

Alma me dice que después de comer con sus amigas e Isaac irán a tomar algo y nos veremos en el piso cuando entre la tarde, antes de que empiece el paso.

Y por último un número que no tengo registrado en mi agenda.

Rocío, soy Toño. Este es mi nuevo número. Necesito verte y hablar contigo. Siento lo que pasó anoche. Todo tiene un motivo y tienes que saber la clase de persona que cuida ahora de ti y de nuestra pequeña. Por favor, tienes que escucharme. Estaré hasta mañana a última hora de la tarde en Triana, ya que tengo que volver para dormir.

Solo quiero lo mejor para vosotras, aunque te cueste creerlo. Lo sois todo para mí y si no puedo estar a vuestro lado como yo quisiera, al menos quiero estar tranquilo de que la persona que esté a tu lado sea transparente y bueno. Espero tu llamada. Un beso, canija.

El pulso me tiembla, la boca se me seca al instante y el corazón se me acelera. ¿Qué querrá decirme con este reclamo de atención? ¿Qué hago? Me debato entre contestar o hacerme la indiferente, no sé a qué se refiere ¿qué insinúa acerca de Álvaro? Quisiera pensar que es un arrebato de cuernos y que no pasa nada, pero algo en mi interior me dice que tengo que escuchar lo que debe decirme. Por lo que contesto con un rápido mensaje:

Hola Toño, no sé de qué hablas… Ya has hecho bastante ¿no crees? no quiero numeritos, ni más mentiras. Solo quiero zanjar todo esto de una vez por todas y ser feliz. Ojalá sea con una relación cordial entre nosotros por el bien de nuestra hija. No voy a escuchar mentiras ni chismes sobre Álvaro, te aviso de antemano. Pero quiero que te quedes tranquilo de que la persona que está a mi lado nos cuida, nos protege y nos quiere muchísimo. Si aun así quieres hablar nos vemos mañana en el parque de plaza del Zurraque a las 18:00. Cuídate.

Envío el mensaje y me quedo mirando como aparece el doble clic azul al instante. Salgo de la aplicación y me siento con la vista perdida en algún punto fijo, mientras mi vida junto a Toño pasa a toda velocidad en mi mente. No debería afectarme nada de él, lo sé, tendría que estar preparada para esto. Nada de lo que me diga me hará cambiar de opinión sobre Álvaro, lo tengo claro. ¿O no? Pobre de mí...

Álvaro aparece frente a mí aseado y guapo a rabiar, su perfume nubla mi mente y mis sentidos y necesito abrazarme a la realidad, sus abrazos me reinician y mi calma vuelve a mi cuando sus brazos me cobijan y besa mi cabeza tan dulcemente.

—¿Estás bien, pequeña? —me pregunta sin dejar de apretarme entre sus brazos.

—Sí, mejor que nunca ahora mismo —le digo sincera con mi cabeza apoyada en su pecho firme.

El punto de quedada con nuestras familias es el piso de Álvaro, desde allí veremos los diferentes pasos de las hermandades y sentiremos de nuevo esa emoción que tanto me eriza la piel. Mi mente divaga entre mil situaciones, reconozco que ando despistada y ausente, cosa que mi familia y Álvaro notan rápidamente. Disimulo, que bien se me ha dado siempre disimular, llevo años disimulando y forzando sonrisas cuando lo que realmente me gustaría ahora mismo es enfrentarme a lo que de verdad me está removiendo por dentro. Pero no Rocío, ni es el momento, ni el lugar y mucho menos voy a dejar que un presentimiento arruine mi bienestar emocional. No soy una cobarde, pero por una vez en mi vida me voy a dejar llevar por lo que ahora me complace y eso significa no dejar que nada ni nadie me condicione. Por lo que antes de dormir ya he tomado la decisión de que bajo ningún concepto acudiré a la cita con Toño. Duermo abrazada a Álvaro y aunque su cuerpo me da la paz que necesito, mis sueños (o mejor dicho pesadillas) vuelven a ponerme en alerta ante algo que se escapa de mi conocimiento. Maldita premoniciones que, aunque intentemos evitarlas, se vuelven recurrentes en nuestro subconsciente, una y otra vez.

Epílogo

Son las seis de la tarde y Toño espera sentado en un banco del parque ver aparecer a Rocío. Se muere de ganas de verla de nuevo, de tenerla cara a cara y oler su aroma, aunque sea de lejos. Está nervioso, no lo puede negar, le sudan las manos y su corazón late descontrolado en el pecho amenazando con salirse de él.

No tiene claro cómo afrontar sus sentimientos, sabe que las ha perdido. Su hija siempre será su hija, pero es consciente de que se ha perdido momentos de su vida que nunca podrá recuperar. Está decidido a ser un buen padre y no perderse ninguno más, porque gracias a ella ha conseguido vencer y renunciar a todo lo malo que había es su vida, levantar cabeza y volver a ser una buena persona. Aunque tenga que poner mucho de su parte para demostrarlo ante el resto del mundo. Lo conseguirá.

Con Rocío, tiene asumido que no hay marcha atrás. Sabe, y eso le mata por dentro, que nunca volverá con él. Demasiadas noches entre rejas ha llorado ya por ello, no hay nada que hacer. Se conforma con poder formar parte de su vida (algún día y con mucha paciencia) como amigo y padres en común de Alma. La felicidad de ellas es lo que prima ahora en él porque, aunque ahora mismo lo que tiene que confesarle a Rocío, no es bueno, tiene que hacerlo por ellas. Sabe que traerá consecuencias, y que esa confesión no le hará ningún bien en prisión, teme las represalias, pero ya le da mismo, no piensa dejar que una persona como Álvaro, disfrute de lo que él le arrebató, indirectamente.

A las siete de la tarde, sigue solo sin que Rocío haya acudido a la cita. Algo dentro de él sabía que no acudiría, la conoce bien, pero tenía que tirar de esa esperanza. Por lo que decide marcharse y no esperar más. Es el momento de jugar sus cartas y para ello necesita volver a tiempo a lo que desde hace años se ha convertido en su casa. Una cárcel. Donde mover los hilos para hacer que la persona que le ha arrebatado lo que tenía, sepa lo que es perder a la mujer de su vida.

Toño, que Dios te pille confesado.

Continuará...

AGRADECIMIENTOS

Después de mi primera novela, algo dentro de mí despertó...

Me di cuenta de que los sueños pueden materializarse y yo quería seguir viendo como muchos más llegaban a ese fin. Para mí escribir es un sueño y ahora sé que no pienso dejar de hacerlo mientras la inspiración y mi loca cabeza me dejen llevarlos a cabo.

GRACIAS: por tu tiempo, por tus reseñas, por confiar en mí, por sentir, por vivir y por dejarte llevar conmigo entre mis páginas.

GRACIAS a esas horas espejo que me han servido y ayudado (entrando en el oráculo de Google) cada vez que se manifestaban para darme ese empuje que en muchos momentos dejé de lado.

GRACIAS a mi familia, y a mis locas del coño, que me habéis dado impulsos y ganas para seguir con ello. Sin presiones, con espacios y leyendo lo que les iba dejando para que (no nos vamos a engañar) mis ganas de seguir narrando esta historia llegarán a buen puerto.

GRACIAS a mi Alma, mi pequeña, mi otra mitad. La única persona en el mundo capaz de hacerme pasar por todos los estados de ánimo en un solo día. Te quiero infinito, princesa. Somos un gran equipo y soy la mamá molona más orgullosa del mundo por la mujercita en la que te estás convirtiendo.

GRACIAS a mi hada madrina: MARIA, que llegaste con tu magia para darle la forma y tu toque a esta historia. Por esos audios dándome aliento y esperanza haciéndome saber que esta historia y mi tiempo invertido en ella han valido la pena.

GRACIAS A TI PORQUE SIN TI, NADA SERÍA POSIBLE.

JESS GONZÁLEZ

Printed in Great Britain
by Amazon

16183606R00149